小学館文庫

十津川警部 捜査行

愛と哀しみのみちのく特急

西村京太郎

小学館

十津川警部　捜査行　愛と哀しみのみちのく特急

目次

ゆうづる5号殺人事件　7
急行べにばな殺人事件　81
特急あいづ殺人事件　123
愛と絶望の奥羽本線　201
謎と絶望の東北本線　285
解説　山前　譲　372

ゆうづる5号殺人事件

第一章　乗客の忘れ物

1

「ひかり98号」は、定刻どおり、午後一一時四六分に、東京駅の19番線ホームに着いた。

岡山発東京行の最後のひかりである。

車掌長の安田《やすだ》は、乗客が降り切ったのを見てから、小さく伸びをした。

あと三カ月で、五〇歳になる。

最近、やたらに疲れるのは、やはり、年齢《とし》のせいだろうか。

そんなことを考えながら、何気なく、11号車の洗面台をのぞいて「あれ?」と、小さな声を出した。

二つ並んだ洗面台の片方に、革の財布と、名刺入れ、それに、男物の腕時計が、置いたままになっていたからである。

財布は、かなりの札が入っているらしく、厚くふくらんでいる。腕時計は、カルティエの新品で、二、三十万円はするものだった。

明らかに、乗客の忘れ物だ。

東京駅が近づいてきて、あわてて、顔でも洗って、そのまま忘れて降りてしまったのだろう。

時々、こんなことがある。財布まで一緒に忘れるというのは、念が入っているが、手や顔を洗う時に、腕時計を外す人がいて、そのまま、忘れてしまうのである。

安田は、専務車掌の鈴木《すずき》を呼んで、財布や、名刺入れの中身を確かめた。

財布の中には、一万円札十八枚と、千円札六枚の合計、十八万六千円が入っていた。

名刺入れの中は、同じ名前の名刺が八枚と、M銀行のクイックカードである。

〈太陽商会営業第一課長　田島久一郎《たじまきゆういちろう》〉

それが、名刺に書かれてあった名前だった。

安田は、それらを紙袋に入れ、鈴木と一緒に、東京駅の遺失物係に持っていった。

安田はそれきり、忘れ物のことは、頭になくなって、四谷の自宅に帰った。

妻の文子《ふみこ》のわかしておいてくれた風呂に入り、子供の寝顔を見てから、床についた。

明日は、休みである。

翌朝、眼をさましたのは、昼近くである。

安田は、いつも、休日には、昼頃まで寝ることにしていた。

ゆっくり起きて、風呂に入って、朝食とも昼食ともつかない食事をとる。それが、最近の習慣になっていた。

高校生と中学生の二人の子供は、すでに、学校へいってしまっている。

安田は、食事をしながら、テレビのスイッチを入れた。

昼のニュースが始まった。見るともなく見ているうちに、安田は「あれ？」という眼になった。

〈田島久一郎〉

という名前が、突然、画面に出たからである。

顔写真が出て、その下に、田島久一郎（三五）とある。

昨夜「ひかり98号」の洗面台に忘れてあった名刺入れの中の名刺と、同じ名前だった。

安田は、あわてて、耳をすませた。それまで、右から左に通り抜けていたアナウンサーの声が、急に、はっきりと、意味を持った言葉として、聞こえてきた。

〈――田島さんの死体は、今朝早く、渋谷区笹塚の自宅付近の工事現場で発見されたもので、後頭部を殴打されており、それが直接の死因とみられています。警察では、殺人事件とみて、捜査を始めました〉

（同じ人だろうか？）

田島久一郎というのは、そう特殊な姓名ではないが、といって、どこにでもあるほど、ありふれてもいない。

妻の文子に、朝刊を持ってこさせたが、事件は、まだ載《の》っていなかった。

何となく、落ち着かない気分で、安田は、夕刊を待った。

午後四時を少し過ぎて、夕刊がきた。休みの日は、物ぐさを決め込むことにしている安田が、珍しく、自分で夕刊を階下《した》の郵便受まで取りにいき、帰りのエレベーターの中で、広げてみた。事件のことは、テレビで聞いたのよりも、くわしく出ていた。

〈今日の午前八時二〇分頃、渋谷区笹塚×丁目のマンション工事現場へ、作業員の前島規男さん（四〇）がきたところ、中年の男の死体を見つけて、警察に届け出た。警察で調べたところ、この男の人は、近くの「ヴィラ笹塚五〇六号」に住む、太陽商会営業第一課長　田島久一郎さん（三五）とわかった。田島さんは——〉

2

捜査一課の十津川《とつがわ》警部は、電話を受けると、すぐ、部下の亀井《かめい》刑事を連れて、東京駅に急行した。

電話をくれた安田車掌長は、先にきて、二人を待っていてくれた。

遺失物係で、田島久一郎の忘れ物三点を見せてもらった。

「何か、捜査のお役に立ちますか？」

と、傍らから、安田がきいた。

十津川は、ニッコリして、

「もちろん、大いに役に立ちますよ」

「そうなら、電話した甲斐《かい》があったというものですが」

「岡山発の『ひかり』でしたね？」

「そうです。岡山発一九時二三分で、東京着は二三時四六分です」

「グリーン車の洗面台にあったんですね」

「そうです」

「車内は、すいていましたか？」

「今もいったように、最後の『ひかり』なので、かなり混んでいましたね。乗車率は、七十パーセントくらいじゃなかったかと思います」

「グリーン車に、この人が乗っていたのを覚えていますか？」

十津川は、田島久一郎の顔写真を見せた。

安田は、しばらく見ていたが、

「さあ、覚えていませんね。多分、11号車か12号車に、いらっしゃったと思いますが」

と、申しわけなさそうにいった。

十津川は、三点の忘れ物を借り受けて、捜査本部の設けられている渋谷警察署に行った。

最初、発見された死体のポケットには、五百円札や、百円玉という、ばら銭が入っていたが、財布がなかったし、腕時計も見当たらないので、物盗《ものと》りの犯行ではないかという考えが出た。しかし、これで、見方が変わってくる。

もう一つ、死体の近くに、スーツケースが転がっていたが、その中には、下着や、洗面具と一緒に、岡山名物の吉備《きび》だんごの菓子折りが入っていた。被害者が、昨夜、岡山から帰京したのなら、納得できる。

被害者田島久一郎の勤務先である太陽商会へ出かけていた西本《にしもと》刑事が、帰ってきた。

「田島の評判は、あまりよくありませんね」

と、西本は、報告した。

「しかし、太陽商会といえば、商社としては中堅だよ。その会社で、三五歳で課長なら、やり手で、エリート社員といえるんじゃないのかね？」

十津川が、首をかしげた。

「そうなんですが、どうも、私生活の面で、問題があったようです」

「女性問題か？」

「そうです。六年前に結婚した奥さんが、去年、自殺したのも、田島の浮気が原因らしいのです」

「すると、被害者は、独り者だったわけか」

十津川は、田島のマンションを調べた時のことを思い出した。３ＬＤＫの広い部屋だった。それに、寝室のベッドの上に、華やかな女のネグリジェなどが、のっていた。

男やもめの部屋という感じではなかった。独りになったのをいい機会に、女を部屋に引き入れて楽しんでいたということなのだろうか？

「エリート社員で、独身ですから、よくもてたようです」

と、西本がつけ加えた。

「しかし、奥さんが、彼の女ぐせの悪さから自殺したということは、商社員としては、マイナスだったんじゃないのかね？」

「普通ならそうなんですが、田島は、太陽商会社長の遠縁に当たるんです。あの会社は、同族会社みたいなものですから、田島は、職場でも、傲慢《ごうまん》だったようです」

「それで、評判が悪かったというわけかね？」

「部下の評判は、あまりよくありません」

「それで、岡山へは、出張だったのかね？」

「そうですが、仕事をしたのは、一日だけのようです」

「というと」

「七月七日の火曜日から、九日の木曜日までの三日間、岡山にある中国営業所へ出張ということになっていますが、中国営業所へ照会してもらったところ、田島が、やってきたのは、最初の七月七日だけだったそうです。ですから、あとの二日は、プライベートに過ごしたんじゃないでしょうか？」

「そして、九日の夜、東京に帰ってきて、殺されたか」

3

動機は、二つ考えられた。

一つは、物盗りの犯行である。

あまり服装に関心のない十津川が見ても、田島は、高価な服を着ている。それに、スーツケースを提げていたのだから、旅行帰りに見える。

犯人は、金があるだろうと思って、背後から、いきなり殴りつけ、倒れたところを、マンションの工事現場へ引きずっていった。そのあと、ふところを調べたが、財布もないし、腕時計もつけていない。

さぞ、犯人は、がっかりしただろう。スーツケースも調べてみたが、こちらにも、金目のものは入っていなかった。それで、スーツケースも放り出して、逃げた。犯人は、強く殴り過ぎて、田島が死んだことは、知らなかったかもしれない。

もう一つは、顔見知りの犯行という見方である。この場合の動機は、まず、怨恨《えんこん》。犯人は、田島が、九日の夜、岡山から帰ってくるのを知っていて、待ち伏せしていた。

現場近くの地理から考えて、タクシーで帰ってきても、最寄りの京王線笹塚駅で降りても、その路地を通らないと、自宅マンションにいけないのである。

だから、現場の暗がりに待ち受けていれば、田島をつかまえることが出来る。

凶器は、多分、スパナか、ハンマーといったものだろう。

犯人は、待ち受けていて、いきなり、背後から殴りつけたか、あるいは、何かいい合いがあって、田島が背中を見せた瞬間、殴りつけたか。いずれにしろ、恨みを込めた一撃であったことは間違いない。

十津川は、七人の刑事を二つに分けた。

四人を、流しの物盗り説に当て、あとの三人に、怨恨説を洗うように命じた。前者に刑事を一人増やしたのは、容疑者の範囲が広くなるからである。

一一日になると、死体の解剖結果が出た。

それによると、死亡推定時刻は、九日の午後一一時から翌一〇日の午前一時までの二時間の間。

もう一つわかったのは、死因は、後頭部強打による陥没で、少なくとも三回は殴打されているということだった。

十津川は、この三回という回数に注目した。

流しの物盗りだったら、一回殴って気絶させれば、いいはずである。気絶しなくても、相手の抵抗力がなくなってしまえば、それでいいのだ。相手を殺すのが目的ではなく、金を盗るのが目的だからである。

それを、三回も殴りつけているというのは、明らかに、殺そうという気があったからではないのか。

十津川は、これで、怨恨の線が強くなったなと思った。

「田島が、九日の午後一一時四六分東京着の『ひかり』で帰京したあとですが――」

と、亀井は、考えながらいった。

「笹塚までは、タクシーで帰ったんじゃないでしょうか？」

「そうだね。田島はぜいたくな男らしいから、東京から、中央線で新宿に出、京王線に乗りかえて笹塚へというような面倒くさい帰り方はしないで、タクシーで、まっすぐに帰ったと思うね」

「深夜ですから、道路は、すいていたと思います。三〇分あれば、笹塚までこられたと思いますね」

「それに『ひかり』を降りて、タクシー乗場までいく時間、タクシー待ちの時間をプラスすると、四〇分から五〇分は、かかるね」

「すると、田島が殺されたのは、一〇日の午前零時三〇分頃ということになりますね」

「そうだな。次は動機だが、西本君の話では、女性関係にルーズな男らしい。そのために、奥さんが去年自殺している」

「女性問題からきた怨恨ということになりますか」

「まず、その線で調べてくれないか。それに、岡山での田島の行動だ。三日の予定で出張しながら、仕事は一日で切り上げ、あとの二日は、遊んだらしい。もし、どこかの女と一緒で、その女と帰京したのだとすると、彼女が犯人という可能性もある」

「東京駅から一緒にタクシーに乗って、笹塚までいき、車を降りてから殺したということですね？」

「可能性はあるね。まず、その線で調べてみようじゃないか」

と、十津川は、いった。

4

岡山の捜査は、県警に頼み、十津川たちは、被害者の身辺を調べることにした。

田島久一郎の妻、亜木子《あきこ》は、去年の暮れに首を吊《つ》って自殺した。

遺書はなかったが、かねがね、夫の女ぐせの悪さをなげいていたから、周囲の人間は、夫の女性関係が、原因とみていた。

「二人は、職場結婚です」

と、亀井がメモを見ながら、十津川に報告した。

「六年前、田島が二九歳、亜木子が二四歳で結婚しています。田島は、その時、係長で、亜木子のほうは、入社して一年目です。なかなかの美人ですが、どちらかといえば、物静かで、内向的で、派手好きな田島とは、合わなかったようです。田島は、結婚五年目で、亜木子に、厭《あ》きがきていたらしく、それらしい言葉を、友人に吐いていています」

「特定の浮気の相手がいたのかね？」

「何人もの女とつき合っていたようですが、特に名前があがっているのは、小寺万里子《こでらまりこ》という女性です」

亀井は、一枚の写真を、十津川に見せた。

殺された田島と、二七、八歳の女が肩を寄せ合うようにして写っていた。

「なかなかの美人じゃないか」

「それが、小寺万里子です。銀座の『にれ』というクラブでホステスをしていますが、時たま、テレビに出たりもしていたようです」

「田島との関係は、いつからなんだね？」

「よくはわかりませんが、去年の三月頃ということです。自殺した亜木子は、大学時代の友人で、三村君江《みむらきみえ》という女に、時々、悩みを打ち明けていたようですから、彼女にきけば、くわしいことがわかると思います」

「よし。その女性に会いにいこう」

十津川は、気軽く立ち上がった。

三村君江は、三〇歳で、まだ独身、新宿にある法律事務所で働いていた。

背の高い、理知的な顔立ちの女で、話している時、ふっと、皮肉な眼つきをすることがあった。

「田島さんが殺されたと知って、喜んでいますわ」

と、君江は、いった。

「それは、去年、亜木子さんが自殺したことがあるからですか？」

十津川がきくと、君江は、肯《うなず》いて、

「彼女は、田島さんに殺されたようなものですものね」

「なぜ、亜木子さんは、離婚せずに、自殺してしまったんでしょうか？」

「私は、離婚して、慰謝料をふんだくってやれってすすめてたんですよ。うちの事務所に委《まか》せてくれれば、一億円ぐらいは取ってあげるって、いったんですけどね。彼女は優しすぎて、逆に、自分が傷ついてしまったんです」

「小寺万里子という女性を知っていますか？」

「ええ」

と、君江は、一瞬、口元をゆがめてから、

「亜木子が自殺した直接の原因は、あの女だったと思いますね」

「なぜです？　田島さんには、他にも、何人かの女がいたようですが」

「あの女と親しくなってから、亜木子に嫌がらせの電話がかかるようになったんです。

亜木子が出ると、黙って切ったり、殺してやると脅したり。亜木子は、それで、ノイローゼ気味になっていたんです」

「その犯人が、小寺万里子だということは確かなんですか？」

「亜木子は、あの女に会ったことがあるんです。あの女が待ち伏せしていたといったほうが正確かもしれませんね。その時に面と向かって、私が田島さんと一緒になるんだから、あんたは引っ込みなさいといわれたんです。嫌がらせの電話が始まったのは、そのあとだといいますもの。あの女に決まっています」

「しかし、亜木子さんが亡くなったあと、小寺万里子と田島さんは、再婚しませんでしたね？」

「ええ。でも、あの女は、三千万もするマンションを、田島さんに買ってもらったとか、いつも一緒にいるとか、いろいろと、聞いていますけど」

「それでは、今度、田島さんと一緒に岡山にいったのは、小寺万里子という女性でしょうかね？」

「知りませんわ。当人に直接会っておききになったらいかがですの？」

「そうしてみましょう」

と、十津川は、逆らわずにいった。

5

夜になってから、十津川は、時間を見はからって、銀座のクラブ「にれ」に、いってみた。

店の名前だけは、何かの週刊誌で見たことがあった。芸能人なんかが、よくいく店らしい。

しかし、実際にいってみると、十津川が想像していたような、きらびやかさはなく、意外に小さな店であった。

九時近くなっていったのだが、最近の不景気のせいか、四、五人の客がいるだけだった。

十津川が入っていくと、カウンターに腰を下ろしていた和服姿のホステスが、ひょっと身軽に椅子から降りてきて、

「社長さん。いらっしゃい」

「社長に見えるかね？」

十津川は、笑いながらいった。

小太りのホステスは、彼の手をとって、奥のテーブルに座らせた。

「じゃあ、部長さん？」

「ここに、小寺万里子という人がいるはずなんだがね」

「小寺さん？」

「太陽商会の田島という若い課長さんが、よくきていたと思うんだが」

「ああ、田島ちゃん」

と、ホステスは、肯いてから、

「よくきてたけど、あの人、殺されたんですってね？」

「ああ。田島さんの馴染《なじ》みだったホステスに会いたいんだよ。いたら、呼んでくれないか」

「あたしじゃ駄目なの？」

「ちょっと、話を聞きたいことがあってね」

「マリちゃん」

と、ホステスは、向こうのテーブルにいる客とホステスたちに向かって、声をあげた。
二七、八の、ちょっとハーフを思わせる派手な顔立ちの女が、ひょいと、こちらを見てから、立ち上がって、こちらにやってきた。

　写真で見たよりも、若々しく見えた。

「マリちゃん。このお客さん、あなたじゃなくちゃ嫌なんですって」

「マリコです」

と、ぴょこんとお辞儀をしてから、女は、十津川の横に腰を下ろした。

その顔に、田島が死んだことへの悲しみは読み取れなかった。

「田島久一郎さんのことで、話を聞きたくてね」

と、十津川がいうと、小寺万里子は大げさに溜息《ためいき》をついて、

「あの人、死んじゃったのよ。新聞で知った時は、本当にびっくりしたわ」

「結婚するつもりだったの？」

「そうね。してもいいとは思っていたわ。いい男だし、出世の見込みはあるし、奥さんが亡くなられて、独身だったんだから、条件はいいものね」

「奥さんは、自殺したんだ」

「あなた、警察の人？」

「まあ、そうだ。君に署まできてもらってもよかったんだが、こうしてきいたほうが、本音を聞けるんじゃないかと思ってね」

「ふーん」

と、万里子は鼻を鳴らしてから、

「あたしは、田島さんの死んだこととは関係ないわよ」

「田島さん、岡山から帰京した直後に殺されたんだが、岡山では、君と一緒だったんじゃないのかね？」

「あたし、岡山なんかいったことがないわ」

「じゃあ、七日から九日までは、どこにいたのかな？」

「ちゃんと、東京にいたわ。お店にだって出てたし。嘘《うそ》だと思うんなら、ママさんにきいてみて」

「なぜ、田島さんと結婚しなかったんだね？　君も、いい条件だと思っていたんだろう」

「そうねえ。あたしが三〇過ぎだったら、無理矢理にでも結婚してたと思うわ。ホステスなんかより、ずっと安定した、いい暮らしが出来るもの。でも、あたしはまだ三〇前だし、田島さんも、しばらくの間、独身生活を楽しみたいといってたしね」

「しかし、貰《もら》うものは貰ったんじゃないの？」

「それはねえ」

と、万里子は、ニヤッと笑って、

「田島さんが、独りになれたんだって、あたしのおかげみたいなものだしね」

自分が田島の妻を自殺に追いやったことへの自責の念など、いささかもない表情だった。

「いたずら電話をかけたのは、君かね？」

「いたずら電話って？」

「田島さんの奥さんに、嫌がらせの電話がたびたび、かかってきて、そのために、ノイローゼになっていたといわれているんだよ。その電話の主は、君じゃないかと思ってね」

「あたしだっていったら、罪になるのかしら？」

「そうだねえ。奥さんは、すでに自殺してしまっているし、電話が直接、自殺の原因だという証拠もないしね」

「本当のことを教えてあげましょうか？」

と、万里子は、急に声をひそめて、十津川を見た。

「ああ、教えてもらいたいね」

「あの電話は、田島さんがやったのよ。あたしも、たまには、手伝ったけど」

「あの奥さんが悪いのよ。田島さんが別れたいっていってるんだから、さっさと別れてあげればいいのに、ぐずぐずしてるからいけないのよ」

「田島さんが？」

「そんなものかね」

十津川が、ぶぜんとした顔でいうと、万里子は「そんなものよ」と、肯いてから、

「他に用がなければ、向こうにいきたいんだけど」

と、いい、十津川が黙っていると、さっさと、他のテーブルにいってしまった。

代わって、さっきのホステスが、十津川の横に腰を下ろして、

「マリコを口説いても無駄よ。あたしにしなさい」

「彼女は、やはり、亡くなった田島さんのことが忘れられないのかね？」

「馬鹿馬鹿しい。新しい彼が出来たのよ」

と、ホステスは笑って、

「若くて、大変なお金持ちなんですって」

「君は、その人に会ったことがあるの？」

「それが、彼女、よっぽど素敵な人だとみえて、ぜんぜん、紹介してくれないのよ。あたしたちに、とられるとでも思ってるのかしらね」

「名前はわからない？」

「ええ。東北の大地主の一人息子だってことは聞いたわよ。何十億って土地なんですって。結婚したら、その土地を半分売って、東京で宝石店をやるんですって。半分だって十億や二十億はあるっていうんだもの。羨《うらや》ましいわ。田島ちゃんなんか、死んだって、悲しくも何ともないのは、当然かもね」

「東北の大地主の一人息子ねえ」

「あたしも、そんな彼がいたらいいんだけど。ホステスって仕事は、不安定でしょう？　だから、いい人がいたら、あたしも、結婚したいと思ってるの。お客さん、独身？」

「いや」

と、十津川は苦笑してから、

「今月の七日から九日まで、万里子さんは、店に出ていたかな？」

「このところ、一日も休まなかったわね」

「この店は、何時までやってるの？」

「一応、一二時までだけど、お客さんがいれば、午前一時頃までやっているわ」

「田島さんのことは、よく知っているのかね？」

「田島ちゃんは、マリコの彼氏だったから。でも、いいお客さんだったわよ。一杯、お客さんを連れてきてくれたもの」

「営業課長だからね。威張っていて、あまり、人には好かれていないようだったんだが」

「そうねえ。そうだ、田島ちゃんが、誰かに殴られたって話を聞いたことがあったわ」

「ほう」

と、何気ない様子で、十津川は微笑したが、眼は、きらりと光らせて、

「誰が喋《しゃべ》ったのか、覚えていないかな？」

「誰だったかなあ。確か田島ちゃんと一緒にきた人だったわ。田島ちゃんがトイレに立った時、いったんだと思うな」

「一緒にきたというと、得意先の人かな？」

「お得意が、おごってもらってるのに、そんなことは、いわないと思うわ」

「じゃあ、同じ会社の人間かな？」

「と、思うわ」

「ありがとう。またくるよ」

十津川が、立ち上がると、ホステスは、一緒に腰を浮かしながら、

「マリコは、もうじき結婚するかもしれないから、彼女にまた会うんなら、すぐきたほうがいいわよ」

「大地主の息子とは、そこまで進んでるの？」

「何でも、彼と一緒に、故郷《くに》へいってくるんですって。マリコ、浮き浮きしてるわ。彼が、両親に会わせたいっていってるんですって。だから、間もなく、ここをやめて結婚するみたいよ」

6

亀井と西本の二人の刑事が、太陽商会へ出かけていった。

田島が殴られたことがあるという話の真偽を確認するためである。

この頃になると、太陽商会側のガードが堅くなった。亀井たちは、社員の口を開かせるのに苦労した。めったなことを喋るなという命令が、上から出たためらしい。

結局、社内では、何も聞くことが出来なかった。

そこで、亀井は、最近、太陽商会を辞《や》めた人間に狙いをつけた。

今年になってから、四人の社員が辞めていた。そのうち、三人は女子社員で、退職の理由は、いずれも結婚のためである。

亀井は、この三人の女子社員は、初めから無視することにした。田島が殴られたことがあるという話は、銀座のクラブで聞かされた話である。しかも、田島の女のいる店だ。そんな店に、田島は、同じ会社の女子社員は、連れていかないだろうと思ったからである。

残りの一人は、田島と同じ営業一課にいた男子社員だった。

亀井は、渡辺《わたなべ》という三〇歳のその社員に会いに出かけた。太陽商会を辞めたあと、渡辺は、妻の父親のやっている金融会社で働いていた。

亀井たちにとって幸いだったのは、渡辺が、課長の田島と衝突して、会社を辞めていたことだった。それだけに、何でも話してくれた。

「田島さんが殴られた話ね。あれなら、何人もの人間が知ってますよ」

と、渡辺はニヤッと笑った。

「どんな話なのか、くわしく話してください」

と、亀井はいった。

「去年の暮れ頃でしたね。田島さんは、時々、部下を連れて飲みにいくんです。まあ、部下にいいところを見せたかったからでしょうね。あの日、僕も入れて四人が、田島さんについていきましたよ。銀座で、三軒ばかりスナックをハシゴして、いい気分で外へ出た時、いきなり、一人の男が、田島さんに殴りかかってきたんです。時刻ですか。午前一時近かったんじゃないかな」

「どんな男です？」

「薄暗い路地でしたから、よくはわかりませんが、三五、六歳で、背広にネクタイだったから、サラリーマンでしょうね。背は百七十センチくらいでした」

「突然、田島さんを殴ったんですか？」

「何か叫びながら、殴ったみたいだったけど、何ていったのかわかりませんね。とっさのことでしたから」

「そのあと、どうなったんですか？」

「男は、すぐ、逃げましたよ」

「田島さんは、その男を知っているようでしたか？」

「ええ。誰かが、追いかけようとしたら、田島さんが、放っとけ、あいつはおれの女房に惚《ほ》れてやがるんだと、笑ってましたからね」

「奥さんに惚れてる男といったんですか」

「そうです。それで、印象に残っているんです」

「それは、田島さんの奥さんが、自殺する前ですか？　それとも、自殺した後のことですか？」

「確か、あのことがあったあとで、奥さんが亡くなったんだと思いますよ」

と、渡辺はいった。

7

田島久一郎殺しについて、一人の容疑者が浮かび上がってきた。

サラリーマン風の三五、六歳の男で、自殺した田島の妻に惚れていたらしい男である。

十津川たちにとって、一つの進展だった。

ただ、岡山県警に依頼した捜査のほうは、思うように進まなかった。

七月七日に、田島久一郎が、岡山にいたことは、確認された。

国鉄岡山駅前の岡山国際ホテルに、七月七日に、田島は泊まっていた。しかし、田島は、翌七月八日の午前一一時、このホテルをチェックアウトしている。

そのあと、田島が、どこへいったかわからないと、県警はいってきた。

岡山市内のホテル、旅館を、片っ端から調べてみたが、宿泊カードにも、宿帳にも、田島久一郎の名前はなかった。偽名を使って泊まったかもしれないと考えて、田島の顔写真を持ってきいてみたが、記憶にあるという返事は、返ってこなかった。

「田島久一郎は、八日から九日にかけては、岡山には泊まらなかったんじゃないかと思います」

と、岡山県警捜査一課の北山警部が、電話でいった。

「というと？」

「田島は、七日は仕事をしたが、八日、九日は、プライベートに過ごしたんでしょう？　岡山はいい町ですがね。正直にいって、男と女が、休日を楽しく過ごすところじゃありません。多分、倉敷あたりへいったか、ちょっと足を延ばして、小豆島《しょうどしま》へでもいったか。広島までいけば、宮島も楽しめますよ。逆に、京都まで戻って、古都見物だって考えられます」

「しかし、死体の傍《そば》にあったスーツケースには、岡山名物の吉備だんごが入っていたんですが」

「吉備だんごなら、新幹線の車内でも売っていますよ。名古屋あたりまでです」

「なるほど。しかし、岡山市内でないとすると、どこへ泊まったか、調べるのは大変ですね」

「この近くには、小さな温泉がたくさんあります。それを一つ一つ洗っていくのは、大変は大変です。それに、倉敷は、うちの縄張りですが、宮島や姫路や、小豆島は、他県ですからね」

「わかります」

「犯人の目星はついたんですか？」

と、逆に、北山警部がきいた。

「一人、容疑者らしき人物が浮かんできていますが、今のところ、名前も住所もわかっていないのです」

「岡山から乗ったのは確かなんですか？」

「それはわかりません。あなたのいわれるように、姫路から乗ったのかもしれないし、京都からかもしれません。ただ、岡山発の最後の『ひかり』で、東京へ帰ってきたことだけは確かです」

十津川は、電話を切ってから、岡山での田島久一郎の行動のチェックは、難しいなと思った。

岡山県警の北山のいうとおり、女連れで、八日、九日を過ごしたとすれば、岡山市内にいるよりも、近くの観光地なり、温泉地で楽しむだろう。

「去年の暮れに、田島を殴った男に、捜査をしぼってみよう」

と、十津川は、部下の刑事たちにいった。

流しの犯行説は、もう完全に消えていた。

「この男は、自殺した田島の奥さんに惚れていたらしい。恐らく、田島が、女あさりばかりして、奥さんを悲しませているのに腹を立てて、殴ったんだろう。その後、奥さんは自殺してしまった。田島が死に追いやったようなものだ。少なくとも、問題の男は、そう考えたろう」

「それで、九日の夜、田島を、彼の自宅付近に待ち伏せしていて、殺したわけですな」

亀井が、緊張した顔で、肯いた。

「そうだ。会社に問い合わせれば、田島が、七日から九日まで、岡山にいっていることは、すぐわかったはずだ。九日の夜、帰宅すると考えて、待ち伏せしていたんだろう。この男が何者なのか、洗い出してほしい。自殺した田島亜木子の恋人だったとすれば、彼女の線から浮かんでくるだろうと思うがね」

と、十津川はいった。

改めて、田島亜木子の周辺が調べられた。

そして、一人の男が、浮かび上がってくるまでに、丸二日間、かかった。

8

田島亜木子が、自殺したのは、去年の一二月二一日の日曜日である。

この時、田島は、小寺万里子と熱海で遊んでいた。

「田島亜木子、旧姓、奥西《おくにし》亜木子は、東北の旧家の出です」

と、亀井は、二日間の捜査の結果を、十津川に報告した。

「それで、問題の男は、見つかったかね？」

「一人、見つかりました。名前は、立花浩二《たちばなこうじ》。青森県八戸の出身です。年齢三四歳。現在、鉄鋼関係の会社で働いています。これが、その男の写真です」

亀井は、一枚の写真を、十津川の前に置いた。

どちらかといえば、平凡な顔立ちの男だった。ただ、男にしては、眼が大きく、きれいに見えた。

「亜木子との関係は？」

「立花は、東北の大学で、亜木子の兄と一緒でした。この兄は、社会に出てすぐ病死しましたが、立花と亜木子とは、その頃からの知り合いです」

「立花は、亜木子を愛していたのかね？」

「三四歳の現在まで、独身というのは、亜木子のことがあったからだと思います」

「それなら、亜木子を自殺に追いやった田島を殺したくなったとしても、おかしくはないわけだ」

「動機は、ありますが――」

「が、何だい？」

「立花には、アリバイがあります」

「どんなアリバイだね？」

「問題の九日ですが、夜の一二時に、有楽町の『ポパイ』というスナックで飲んでいたんです。田島の死亡時刻は、一二時頃と考えられますから、立花は、殺せないことになってしまいます」

「その店に、一二時にいたことは、確かなのかね？」

「ママと、ホステスが確認しています。立花は、時々、この店に、一人で飲みにきていたそうですが、看板が一二時で、この時間になると、蛍の光のレコードをかけます。九日は、その時、立花がいて、もう少し飲ませてくれないかといったというんです。何時からいたか、はっきりしないが、一二時にいたことだけは、間違いないといっています」

「九日以外の日じゃないのか？」

「それも、念を押してみましたが、ホステスの一人に、七月九日生まれがいまして、立花は、それを覚えていて、誕生祝いだといって、金のネックレスをプレゼントしてくれたそうです。だから、九日に間違いないと」

「アリバイありか。青森県八戸の出身か」

「彼の家も、東北では、旧家らしいです。土地も、かなり持っているとか」

「東北の旧家ね」

と、呟《つぶや》いてから、十津川は、急に、はっとした顔になって、立ち上がった。

腕時計を見る。午後一〇時三〇分になったところだった。

「カメさん。ちょっと、つき合ってくれ」

「どこへいくんですか？」

「銀座のクラブだ。小寺万里子のことが気になってね。立花が、田島を殺したとすれば、小寺万里子だって狙うだろうし、彼女が、東北の大地主の一人息子と結婚すると、仲間のホステスにいっているのが気になるんだ」

「それが、立花浩二ですか?」

「だったら、大変だからね」

十津川は、亀井を連れて、クラブ「にれ」に急いだ。

万里子がいたら、大地主の一人息子というのが、いったい誰なのか、問い質《ただ》してみようと思ったのだが、店に入ってみると、彼女の姿はなかった。

先日のホステスが、近寄ってきて、店内を見回している十津川に、

「マリコはいないわよ」

「どこへいったのかね?」

「どこへって、大地主の一人息子と、今日、彼の故郷へいったはずよ」

「今日いったのか」

「ええ」

「どの列車に乗ったかわからないかね? それとも、飛行機か車でいったのかね?」

「そこまではわからないわ」

「彼女が熱をあげている大地主の一人息子だがね。立花という名前じゃないかね?」

「さあ、名前も住所も教えてくれないのよ」

「彼女の住んでいるところを知っているかね？」

「一度、遊びにいったことがあるわ。田園調布にある大きなマンションだったわ。駅を降りて、すぐのところに建ってる『ヴィラ・田園調布』というの。でも、今は留守のはずよ」

と、そのホステスは、教えてくれた。

他のホステスや、ママにきいても、小寺万里子のことや、彼女が結婚しようとしている東北の大地主の一人息子のことは、あまり知らないようだった。

十津川と亀井は、失望して、クラブ「にれ」を出た。

「田園調布のマンションを調べてみますか？」

と、亀井がきいた。

「今の状態では、家宅捜索は無理だよ。小寺万里子は、事件の容疑者でもないし、彼女が殺されたと決まったわけでもないからね。令状はとれまい」

「警部は、小寺万里子が、狙われているとお考えですか？」

「彼女が結婚する気でいる男が、立花だとしたらだがね」

「しかし、立花は、田島久一郎殺しについて、アリバイがあります。彼が、田島を殺していなければ、別に、小寺万里子を殺す必要はないじゃありませんか?」

「君のいうとおりだが、立花のアリバイについて、もう一度、調べ直してみてくれ」

と、十津川は、いった。

問題の九日の夜に、立花が、有楽町のスナックにいたことは、別に不思議ではない。そのくらいの偶然はあり得るだろう。看板の一二時にいたこともである。

十津川が、注目したのは、ホステスの一人の誕生日が、七月九日だったので、立花が、ネックレスをプレゼントしたことである。

立花は、好きだった女が結婚してしまったために、三四歳まで、独身を通してきたような男である。そんな男が、スナックのホステスの誕生日を覚えていて、プレゼントしたりするだろうかという疑問である。

九日を印象づけようとして、プレゼントしたのだとすれば、彼のアリバイは、信用できないのだ。

第二章　阿武隈川の死体

1

宮城県の南部を流れる阿武隈川は、北上川と並ぶ東北地方の大河である。

昔は、川船の往来がしきりだったが、今は、途絶えてしまった。それほど、川幅が広い。

七月一五日の昼頃、東北本線の岩沼駅から歩いて約三〇分の阿武隈川の河原で、釣りをしていた老人が、杭《くい》に引っかかっている若い女の死体を発見した。

六五歳の老人で、最初は、洋服が流れついたのかと思ったという。よく見ると、その洋服には、人間の中身が入っていたのである。

老人は、あわてて、警察に届けでた。

小雨の降り出した河原で、死体が、水から引き上げられた。

蒼白《あおじろ》い顔に、濡れた髪がへばりつき、はだけた胸には、川藻《かわも》が絡まっている。

靴は、流れ去ってしまったのか、はいてなかった。

年齢は、二七、八歳。背のすらりと高い女だった。

自殺、他殺、事故死のいずれかわからないままに、宮城県警は、仙台の大学病院で、解剖することにした。

所持品が見つからないので、身元がわからなかった。


〈身元不明の女性の死体が、阿武隈川に浮かぶ〉


そんな記事が、この日の夕刊に載った。

十津川が、その記事に注目したのは「東北本線、岩沼駅近くの河原」という言葉と「年齢二七、八歳、身長百六十五センチ」という数字だった。

小寺万里子の年齢や、身長と、ぴったり一致していたし、東北本線の駅に近いということが気になった。

翌一六日の朝早く、十津川は、一人で仙台に向かった。

上野から、午前七時三三分発の「はつかり1号」に乗った。宮城県警に電話で問い合わせてみたのだが、電話では、細かい点がわからなかったからである。

朝食をとらずに乗ったので、宇都宮を過ぎたところで、食堂車に足を運んだ。梅雨明けは、まだ遠いのか、車窓から見える空は、どんよりと曇っている。

一一時半近くに、阿武隈川を渡った。

仙台に着いたのは、定刻の一一時四八分である。

駅には、県警の木下《きのした》という刑事が迎えにきてくれていた。小柄な、色の黒い、四二、三歳の刑事である。

「すぐ、仏さんの顔を見たいんだが」

と、十津川は、木下刑事にいった。

木下は、車に十津川を案内し、運転手に、大学病院にいくようにいってから、

「一時間前に、解剖の結果が出ました。それで、他殺と決まりました」

「溺死《できし》じゃなかったわけかね？」

「肺に水が入っていませんでした。身体に何カ所か打撲傷があるのを、最初は、流れているうちに、杭や、石にぶつかったためと考えていたんですが、違うようです。解剖した医者は、後頭部の打撲傷が、直接の死因だといっていました」

「後頭部を殴られて、殺されたか」

十津川は、自然に、九日に殺された田島久一郎のことを思い出した。彼も、後頭部を殴られて、死んだのだ。

仙台市の北、青葉城跡にある大学病院で、十津川は、死体と対面した。

死体を蔽《おお》っていた白布がめくられて、上半身が見えた瞬間、

(やはり小寺万里子だ)

と、すぐわかった。

死亡推定時刻は、七月一四日の午後一〇時から一二時の間ということだった。

十津川は、木下刑事と、宮城県警へいき、小寺万里子のことを話した。

県警捜査一課では、殺人事件捜査本部の看板をかけているところだった。

「すると、小寺万里子は、立花という男に殺された可能性が強いということですか?」

と、事件の指揮をとることになった柳沢《やなぎさわ》警部が、十津川にきいた。

「今のところ、推測でしかありませんが、可能性はあると思っています。被害者は、東北の大地主の一人息子と、彼の故郷へいって、両親に会うと喜んでいたんです。その一人息子というのが、もし、立花だとすると、立花が、欺《だま》して、被害者を連れ出したことになります」

「問題は、どうやって、犯人が、殴り殺して、阿武隈川に放り込んだかということですね。車で運んだか、東北本線で仙台まできて、現場まで連れていって殴りつけてから、川に放り込んだか」

「死体の発見された場所を、見せて頂けませんか」

と、十津川は、いった。

木下刑事が、阿武隈川の河原へ、案内してくれた。

水量は豊かで、流れは、かなり速い。

多分、上流で放り込まれたのだろう。

「向こうに見えるのが、常磐線の鉄橋です」

と、木下が、上流のほうを指さした。

長さ六、七百メートルの橋梁《きょうりょう》が、遠くに見えた。

「この上流の白石川を渡って東北本線が走っています。両線は、この先の岩沼で一緒になって、仙台へ向かいます」

「列車から放り投げられたということは、考えられませんか？　あの鉄橋を通過中にです」

十津川がきくと、木下は、首を振って、

「ちょっと考えられませんね。今は、列車の窓は開きませんし、列車の中で殴り殺したり、鉄橋通過中に投げ落としたりすれば、他の乗客に見とがめられるんじゃないですか」

確かにそのとおりだった。

今日、乗ってきた「はつかり1号」も、客車の窓は開かなかった。

とすると、車で、ここまで運んできたのだろうか？

東北自動車道が盛岡まで開通したので、車で、東北へくる人も多くなっている。

犯人は、小寺万里子を車に乗せて、ここまでやってきて、後頭部を殴りつけたあと、川に投げ込んだのか。

（しかし――）

小寺万里子の死亡推定時刻は、一四日の午後一〇時から一二時までの間である。車で、夜、走ってきたのだろうか？

2

県警本部に戻ると、十津川は、電話を借りて、亀井刑事に連絡をとった。

「やっぱり、小寺万里子だったよ」

と、十津川は、いってから、

「立花の動きはどうだね？」

「田島殺しのアリバイについては、進展ありませんが、立花は、休暇を三日とって、八戸へ帰っています」

「八戸へ帰った？　いつだ？」

「七月一四日に、上野を発《た》っています」

「それは確かかね？」

「会社の友人が、一人、見送りに上野駅へいっています。その友人の話によると、立花は、午後九時四〇分発の『ゆうづる5号』に乗ったということです」

「『ゆうづる5号』？」

「そうです。『ゆうづる5号』です。一五、一六、一七日と休暇をとっています。ですから、今頃は、八戸だと思います」

「その友人の証言は、信頼できるんだろうね？」

「できます」

「その時、立花は、一人だったのかね？」

「一人で、列車に乗ったといっていますが、もちろん、列車の中で、女と落ち合うことは、充分、考えられますが」

と、亀井はいった。

十津川は、立花の八戸の家の電話番号を聞いてから、受話器を置いた。

時刻表を借りて、調べてみた。

「ゆうづる5号」は、二一時四〇分に上野を出て、終点青森着は、翌日の七時〇五分である。

この列車に、小寺万里子も乗ったのだろうか？

水戸着が、二三時〇八分。その前後に、彼女は、殺されたことになる。

十津川は、メモした八戸の電話番号を回してみた。

「立花でございますが――」

という女の声が聞こえた。

「立花浩二さんをお願いします。私は、東京警視庁の十津川といいます」

と、いうと、すぐ若い男の声に代わった。

「立花ですが」

その声は、落ち着いていた。事件に無関係だから落ち着いているのか、それとも、覚悟していたから落ち着いているのか、わからなかった。

「田島亜木子、旧姓でいえば奥西亜木子さんをご存じですね？」

「ええ。知っています」

「田島久一郎さんはどうです？」

「知っています」

「去年の暮れに、田島さんを銀座で殴りましたね？」

「そんなことがあったかもしれません」

「九日に田島さんが殺されましたが、殺したのは、あなたですか？」

「とんでもない。なぜ、そんなことをおききになるんですか？」

「あなたに動機があるからです」

「動機があるからといって、必ず、殺人を犯すとは限らないでしょう」

「小寺万里子さんは、ご存じですか？」

「さあ。どんな人ですか？」

「クラブのホステスで、田島さんと関係があった女です。仙台の近くで殺されていました」

「ほう」

「立花さんは、一四日に『ゆうづる5号』に乗られたそうですね」

「ええ。明日まで休暇をとっています」

「八戸へ着いたのは、何時ですか？」

「朝の六時頃です」

「それを証明できますか？」

「証明？」

「あなたを、八戸の駅に迎えにきていた人がいるとかといったことです」

「八戸駅に、僕の小学校時代の友だちが働いています。近藤《こんどう》という男で、彼が、早く着いたねといってましたから、覚えていてくれるはずです。八戸駅の旅客係ですよ」

「一人で、帰られたんですか？」

「ええ。父が病気で、会いたいという電話をもらったものですから、二年ぶりに、八戸へ帰りました」

「『ゆうづる5号』でしたね？」

「そうです」

「どのあたりに乗ったか、覚えていませんか？」

「どのあたりって、3号車か4号車だったと思いますね。切符がないから、はっきりしたことは、覚えていませんね。そんなことが、大事なんですか？」

「大事になるかもしれません。一度、あなたに会いたいですね。会って、確認したいこともあるし――」

「明日、東京に帰りますから、途中で、仙台へ降りて、お会いしてもいいですが」

「いや、私が八戸へいきましょう」

と、十津川は、いった。

3

十津川は、午後四時五〇分、仙台発の「はつかり7号」に乗った。

思い立つと、行動に移さなければ、気がすまないのが、十津川の性格だった。

八戸に着いたのが、八時過ぎである。

雨は降っていないのだが、いぜんとして、どんよりと重い空である。

改札口を出ると、駅前広場に、大きな八幡馬《やわたうま》の像が立っているのが眼についた。この地方の古い郷土玩具である。

十津川が、赤と黒の八幡馬の像を眺めていると、男が、近寄ってきて、

「十津川さんですか？」

と、声をかけてきた。

写真で見たのと同じ顔だった。

七月の中旬なのに、何となく肌寒い夜で、立花は、ポロシャツの上に、ジャンパーを羽織っていた。

立花は、十津川を、駅前のNという喫茶店に案内した。

「僕が、田島さんを殺したと思っていらっしゃるんですか？」

と、立花は、テーブルに向かい合ってから、十津川にきいた。その顔が、気のせいか、疲れているように見えた。

「あなたには、動機がありますからね」

「どんな動機ですか？」

「あなたは、去年の暮れ、田島久一郎さんを殴った。奥さんの亜木子さんのことでね。その後、亜木子さんは自殺した。あなたの、田島さんに対する憎しみは、一層、深くなったはずだ」

「田島さんを殴ったのは認めますよ。でも、殺してはいない。僕には、アリバイもある」

「そのアリバイですがね。今月の九日の夜、有楽町のスナック『ポパイ』で、ホステスの一人に、誕生日のプレゼントをあげましたね？」

「ええ。彼女が以前から、七月九日が自分の誕生日だから忘れずにねといっていましたからね。面白い女の子なんで、ネックレスを贈ったんです」

「そのホステスの名前は？」

「確か、ユキちゃんといいましたね」

「どんな字を書くんですか？」

「わかりませんよ。第一、ユキちゃんというのだって、本名かどうか、わからないんだから」

「その程度の相手に、あなたは、誕生日のプレゼントをするんですか？　しかも、金のネックレスを」

「して悪いということはないでしょう？　まさか、スナックの女の子にプレゼントするのに、いちいち、警察の許可がいるんじゃないでしょうね？」

立花は、皮肉な眼つきをして、十津川を見た。挑戦的な眼でもあった。

「小寺万里子という女性を、本当に知りませんか？」

十津川は、コーヒーを口に運んでからきいてみた。

「知りませんね」

立花は、視線をそらせて、ぶっきら棒にいった。十津川は、構わずに、

「この女性は、一四日の夜一〇時から一二時の間に殺されて、阿武隈川に放り込まれていたんですよ」

「それなら、僕は無関係ですね。その時刻には『ゆうづる5号』の寝台に寝ていましたよ」

「それを証明できますか？」

「会社の友人が、僕が列車に乗るのを見ているし、八戸駅では、翌朝、ちゃんと『ゆうづる5号』から降りて、切符を渡していますよ。それ以上、何を証明したらいいんですか？」

立花は、また、挑戦的な眼つきをした。

（この男は、自信満々なのだ）

4

立花と別れたあと、十津川は、八戸駅に引き返して、近藤という駅員に会った。

都会的な立花に比べると、がっしりした身体つきで、口は重かったが、それだけに、信頼できる感じだった。

「ちょうど、私が改札にいた時に、立花が降りてきたんです。会ったのは、七、八年ぶりじゃなかったですかね」

と、近藤は、ニコニコしながらいった。

「時刻は、何時頃ですか?」

「朝の六時頃ですよ。『ゆうづる5号』の八戸着が、五時五九分ですから、ぴったりです」

「『ゆうづる5号』に乗ってきたことは、間違いありませんか?」

十津川が念を押すと、

「他に、あの時間に、何に乗ってくるんです? それに、切符も、ちゃんと見ましたよ。上野から八戸までの『ゆうづる5号』の特急寝台券でしたよ。鋏《はさみ》もちゃんと入っていたし、検札のパンチもです」

そういうところは、職業柄、きちんと見るのだと、近藤はいった。

十津川は、八戸に泊まらずに、この日の夜一〇時二一分八戸発の「ゆうづる12号」で、東京に帰った。

上野着が、翌日の午前七時少し前である。

十津川が、捜査本部に戻ると、亀井が、待ちかねたように、

「いかがでした？」

と、きいた。

「図式は簡単なんだ。二人の人間が、いずれも、背後から殴られて殺された。死体は、東京と宮城県で発見され、共通した容疑者が一人いる。立花浩二。その男以外に犯人は考えられない。だが、この男には、アリバイがある」

「立花は、本当に、七月一四日の『ゆうづる5号』に乗ったんですか？」

「乗ったことは間違いないね」

「小寺万里子も『ゆうづる5号』に乗ったんでしょうか？」

「それがわからないんだ。乗ったのだとしたら、どうして、阿武隈川に浮かんでいたのか？」

「列車の中で殺して、鉄橋から投げ込んだんじゃありませんか？　『ゆうづる5号』は、阿武隈川の鉄橋を渡るわけでしょう？」

「ああ。だから、誰でもそう考えるんだ。しかし、昔の列車と違って、今の列車は、窓が開かないんだ。いくら小寺万里子が、スレンダーな身体つきでも、開かない窓か

らは、放り出せないよ。それに、死亡推定時刻がある。彼女の死亡推定時刻は、一四日の午後一〇時から一二時までの間だ」

「それが、何か意味がありますか？」

「『ゆうづる5号』が、阿武隈川の鉄橋を通過するのは、午前二時一七、八分だろうという。つまり、その二時間以上前に殺されているということだ。小寺万里子が、立花と一緒に『ゆうづる5号』に乗ったとすると、立花は、殺した女を、ずっと二時間以上も、列車の中にかくしていたことになる。あいている寝台に寝かせておけたとしても、阿武隈川に捨てなければならないんだから、ずるずる引きずっていかなければならない。そんなことをすれば、他の乗客や、車掌に見つかってしまうだろう」

「では、これはどうでしょう。今、時刻表を見て考えたんですが」

亀井は、黒板に「ゆうづる5号」の時刻表を書き抜いていった。

「前もって、馬力の強い、スピードの出る車を用意して、水戸か、平の駅前に駐《と》めておきます。上野で『ゆうづる5号』に乗った立花は、車中で、小寺万里子に、途中下車して、車を飛ばしてみないかと誘うわけです。夜の道を車で飛ばすのは面白いだろうと、彼女が同意します。そこで、水戸か平で途中下車し、用意しておいた車に乗る。そこで、いきなりスパナか何かで殴り殺して、阿武隈川まで飛ばします。着いたら、死体を川に投げ込み、そのあと、仙台か盛岡まで飛ばして『ゆうづる5号』に追いついて、乗り込む。こうすれば、八戸で『ゆうづる5号』から降りられるんじゃないでしょうか?」

「『ゆうづる5号』の平均スピードは、時速八十キロぐらいだから、死体を阿武隈川に放り込んでから、追いかけるのは大変だが、不可能じゃないね」

「これ以外に、方法はないんじゃないでしょうか?」

と、亀井がいったとき、若い西本刑事が、遠慮がちに、

「それは、不可能だと思います」

「なぜだね?」

「立花は、車の運転が出来ないんです。運転を習ったこともありませんし、免許も持っていません」

第三章「サシ５８１」の謎

1

また、壁にぶつかった。

九日の田島久一郎殺しについても、一四日の小寺万里子殺しについても、立花は、アリバイが成立するのだ。

しかし、逆に、十津川は、立花が犯人に違いないという確信を強くした。アリバイが、はっきりし過ぎているのが、かえって、怪しいと思うのである。

「なぜ『ゆうづる5号』なんだろう？」

ふと、十津川が呟いた。

亀井が「え？」と、顔をあげて、

「何のことですか？」

「なぜ、立花は『ゆうづる5号』で八戸へ帰ったのかということさ。なぜ、他の列車にしなかったんだろう？」

「それは、偶然じゃありませんか？」

「いや、違うね」

と、十津川は、きっぱりと否定してから、

「立花に会ってみて、彼は、小心な男だと思ったよ。だから、好きな女に結婚も申し込めずに、他の男に奪《と》られてしまったりするんだが、また、立花は、頭が切れて、しかも、綿密に計画を立てる男のような気がする。『ゆうづる5号』を選んだのは、それなりの必然性があったからに違いないんだ。また、田島久一郎殺しも、岡山発の最後の『ひかり98号』でなければならなかったんだと思う。その理由さえわかれば、事件の謎は、解けると思うんだがね」

「しかし『ゆうづる5号』だけの、特殊性といっても――」

「上野から八戸や青森へいく列車は『ゆうづる』の他にも『はつかり』とか『はくつる』とかがあるが、一応『ゆうづる』だけに限ってみよう。国鉄では、奇数号列車を下り、偶数号列車を上りとして『ゆうづる』の下りは、1号から13号まである。それを、書き抜いてみるよ」

と、十津川は、黒板に書き出していった。

「いいかね。『ゆうづる』1号、3号は、八戸を通過してしまう。実際には、停車するが、これは運転停車で、わずか二分間しか停まらないので、乗客の乗り降りは出来ない。だから、1号、3号に乗らなかったのはわかる。八戸で降りられないんじゃ仕方がないからね。問題は、5号から13号までだ。八戸へ着く時刻に注目してほしい。

	上　野	八　戸	青　森
ゆうづる1号	19：50	→	5：03
3号	19：53	→	5：08
5号	21：40	5：59	7：05
7号	21：53	7：33	8：51
9号	22：16	7：54	9：15
11号	23：00	8：28	9：50
13号	23：05	8：34	9：55

立花は、両親のところへ帰ったわけだが、たとえ、実家でも、訪ねるのなら、適当な時刻というのがあるはずだ。私なら、早くても、八時過ぎにするね。立花は、模範的なサラリーマンだから、こういう時間には、気を遣う人間のはずなんだ。ところが、よりによって、朝の五時五九分に着く列車に乗っている。他に、もっと適当な時刻に着く列車があるのにだよ。11号なら、八戸には八時二八分に着くし、

13号なら、八時三四分に着く。この二本の『ゆうづる』のほうが、はるかに、適当だよ。それなのに、立花は、なぜ、5号に乗ったかだ。何か目的があったとすれば、それは、小寺万里子を殺すのに、もっとも便利な列車だからとしか考えられないね」

「つまり、他の『ゆうづる』では、小寺万里子を、うまく殺せなかったということですね?」

「そうさ」

「しかし、どこが違うんでしょうか?」

「まず、国鉄にきいてみようじゃないか。専門家だからね」

十津川がいい、亀井が、さっそく、国鉄に電話をかけた。
五、六分して、受話器を置いた亀井は、
「根本的な差は、電車寝台とブルートレインの差だそうです。『ゆうづる』1号、3号、5号は、電車寝台、7号、9号、11号、13号は、客車を電気機関車が引っ張るブルートレインです。その違いだといっています」

「しかし、どちらも、寝台特急であることに変わりはないだろう。窓は開かないし、死体を引きずり回したりは出来ないんだから、電車寝台が、人殺しに向いているとは、とうてい思えないね」

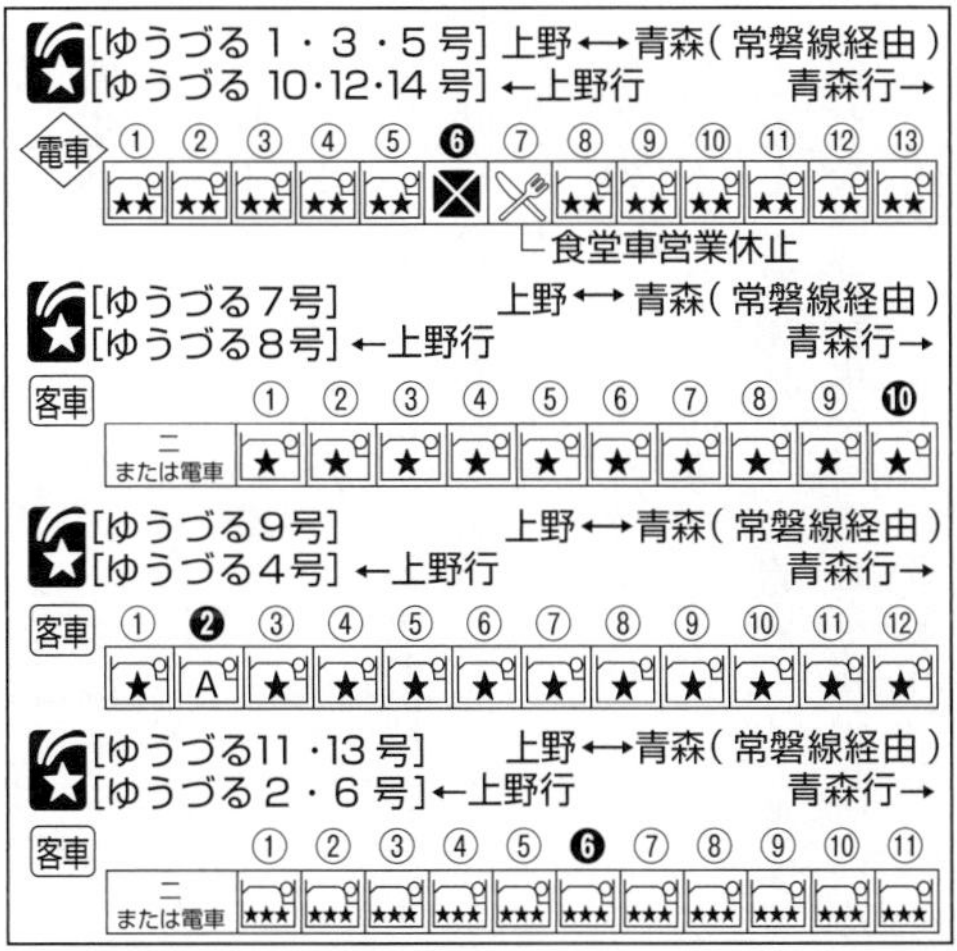

・★は客車３段式、★★は電車３段式、★★★は客車２段式の寝台車。
・号車の白ヌキ数字は、車掌室のある号車を示す。
・「二」は荷物車の略。

「国鉄では、他に違いはないといっていますが」

「じゃあ、列車の編成を調べてみよう」

十津川は、大型時刻表に載っている列車編成図を調べてみた。

これを見ると「ゆうづる」には、四通りの列車編成があることがわかる。

立花も、この編成表を見たに違いない。そして、殺人の舞台として、一番上の「ゆうづる5号」を選んだのだ。

下の三列車は、多少の違いはあっても、似かよっている。

やはり、一番違うのは「ゆうづる」1、3、5号の編成である。

「その違いのどこに、立花は、眼をつけたんだろう？」

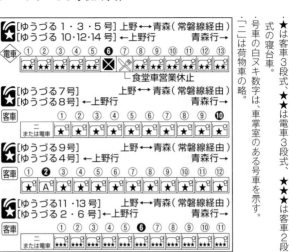

「『ゆうづる5号』には、寝台車だけでなく、グリーン車が一両ついていますね」

西本刑事が、いった。

グリーン車なら、寝台券は必要ない。だが、それ以外のメリットがあるだろうか？

「グリーン車じゃないいな」

と、十津川はいった。

「ゆうづる5号」は、午後九時四〇分に上野を出るが、次の停車駅水戸に着くのは、二一時〇八分である。水戸までいく人は、寝台は必要がないから、グリーン車を利用するだろう。

「残るのは、食堂車だけですね」

亀井がいうと、西本が、すぐ、

「しかし『営業休止』と書いてありますよ」

「使わない食堂車を、なぜ、連結しているんでしょうか？」

「今、国鉄は、省エネ対策を打ち出しています。だから、実際の『ゆうづる5号』は、食堂車はつないでいないいんじゃありませんか？　空《から》の車両を一両でも余計に引っ張るのは、それだけ、力のロスになりますからね」

「カメさん、ちょっと出かけようじゃないか」

と、十津川は、亀井に声をかけて、立ち上がった。

十津川が、出かけたのは、前に、ある事件で一緒に働いたことのある、国鉄総裁秘書の北野《きたの》という男のところだった。

秘書というと、眼つきの鋭い、何事も手早く片付けるカミソリのような人間を連想するが、北野はどちらかといえば、愚鈍《ぐどん》な感じのする男である。また、頑固でもある。

ただ、正直だった。十津川が気に入ったのは、そこだった。わからないことは、わからないといってくれるからだ。

北野は、相変わらず、疲れた顔をしていた。このところ、国鉄が、さまざまな形で、批判の対象になっているからだろう。

「お忙しいところを、申しわけないんだが、上野発青森行の『ゆうづる』のことで、教えて頂きたいことがありましてね」

と、十津川は、切り出した。

「『ゆうづる』1、3、5号に、食堂車がついていますね。時刻表を見ると、営業休止になっていますが、あれは、どういうわけですか」

十津川がきくと、北野は「あれですか」と、苦笑した。

「よく、文句をいってこられることがあるんです。食堂車がついているのに、なぜ、営業していないんだといってです。代議士の先生なんかは、赤字の国鉄が、なぜ、空の食堂車を引っ張っているのか、その分、客車をつないだらどうだと怒ってこられたこともあります。たまたま、この列車に乗られたんでしょうね」

「私も、同じ疑問を呈したいんだが」

「この列車は、583系電車といいましてね。昭和四十二年頃に造られたものです。この列車に使われている食堂車は、サシ581型といいます。それで、なぜ『ゆうづる』1、3、5号が、休止の食堂車を連結して走っているかの理由ですが、理由は二つあります。第一の理由は、同じ編成の列車を、昼間使う場合があるので、流用に便利ということがあります。同じ東北本線でいえば『はつかり』が、上野と青森間に、この583系電車を使っています。グリーン車の位置も、食堂車の位置も、まったく同じです。電車寝台『ゆうづる』として、上野に着いたあと、今度は、寝台を座席に直して『はつかり』として、青森へ向かって、出発することがあるわけです。こちらは、昼間の特急ですから、食堂車は営業しています」

「なるほど。第二は何ですか?」

「第一の点は、便利というだけで、絶対の理由じゃありません。第二の理由のほうが、絶対的なものです。この583系電車に使われているサシ581型という食堂車には、三相電源切換スイッチが設置されているんです。私も、電気のことはくわしくないので、うまく説明できないのですが、食堂車に、この設備がついてしまっているために、583系電車の場合には、食堂車を外して連結すると、電気系統のトラブルが起きてしまうんです。それで、この食堂車を外したくても外せないのです。まあ、この583系電車を造った時には、長距離列車の場合は、必ず、食堂車が必要と考えていたんでしょうね。ところが、最近は、利用者が減ったうえに、食堂車で働こうという人が少なくなってしまって、休止が多くなってしまったんです」

「このサシ581型という食堂車を見たいんですが」

十津川が頼むと、北野は、腕時計に眼をやって、

「今から上野へいかれたら『ゆうづる1号』を見られると思いますよ。上野駅には、私が連絡しておきます」

2

十津川と亀井は、東京駅から、山手線に乗った。

「カギは、食堂車ですか」

と、亀井は、眼を光らせた。

「『ゆうづる5号』は、無人の食堂車を引っ張って、深夜、走っていたんだ。他の乗客は、眠ってしまっている。立花は、小寺万里子を、人のいない食堂車に誘い出して殺したんだ」

「しかし、問題がありますね」

「わかってるよ。問題は二つだ。立花は、列車が、阿武隈川にさしかかる前に殺している。だから、食堂車に、死体をかくす場所があるかどうかというのが第一点。いくら無人でも、車掌が見回りにくるかもしれないから、死体を床に転がしておくわけにはいかないからね。第二点は、食堂車の窓が開くかどうかだ。もし開けば、阿武隈川鉄橋を通過中に死体を投げ落とせるからね。乗客が食事する場所の窓は開かないとわかっているが、私の期待するのは、調理場の窓さ。換気の必要があるから、窓が開くんじゃないかと思ってね」

「もう一つ、問題点があると思いますが」

「何だい？」

「休止している食堂車だと、走行中、閉鎖されてしまっているんじゃありませんか？」

「そんなことは、あり得ないよ。食堂車は、真ん中に連結されているんだ。閉鎖してしまったら、前後の車両の間のいききが出来なくなってしまうよ」

十津川は、自信を持っていった。

二人が、上野に着いたのは、午後七時半近かった。

助役の一人が迎えに出ていてくれた。

午後七時五〇分発の「ゆうづる1号」は、すでに、19番線に入っていた。

改札は、まだ始まっていないで、車内の清掃がおこなわれている。

助役の案内で、十津川たちは、改札口を通った。

「ゆうづる1号」は、5号とまったく同じ列車編成になっている。

真ん中に、サシ581型の食堂車が連結されていた。

助役が、車掌長に紹介し、二人は食堂車に入った。

テーブルが、片側五脚、合計、十脚並んでいる。

十津川たちは、真ん中の通路を通って、調理室に入ってみた。

狭いが、機能的に出来ている調理室である。

まず、大きな配膳台があり、その奥に、電子レンジ、流し台、冷蔵庫などが並んでいる。しかし、十津川が、一番興味を持ったのは、一番奥に設けられた従業員専用のトイレだった。

「この中に入れておいたら、死体は、まず見つからないな」

と、十津川は、満足そうにいった。

無人の食堂車で、小寺万里子を殺したあと、この従業員専用のトイレにかくしておき、列車が、阿武隈川の鉄橋にかかるまで、待てばいいのだ。

「あとは、窓が開くかどうかですね」

と、亀井が、興奮した口調でいった。

調理室の流し台の前に、窓が四つ並んでいる。横に細長い窓である。

だが――

「開きませんよ。警部」

と、亀井が、がっかりした顔でいった。

十津川も、窓を調べてみた。

上下二段にわかれているように見えたので、開くと思ったのだが、下半分は、流し台の水がかからないように、アルミ板のカバーが出来るようになっているだけで、窓自体は、まったく、開かないのである。

十津川の顔も、自然に、険《けわ》しくなった。

食堂車の窓が開かなければ、自動的に、立花のアリバイが成立してしまうのだ。

「どうしました？」

車掌長が、調理室をのぞき込んで、きいた。

「ここの窓が開くと思ったんですがね」

十津川が、ぶぜんとした顔でいった。

「食堂車によっては、調理室の窓が半開きになるものもありますが、この食堂車は、開きませんよ」

「じゃあ、調理の時の排気はどうするんです？」

「天井にダクトがついていて、そこから、強制排気します。マンションの台所と同じですよ」

車掌長は、のんびりした声でいった。

天井のダクトでは、死体は、外へ出せない。

十津川たちが、がっかりしていると、車掌長は、呑気《のんき》に、

「窓が開かないと困るんですか？」

「そうです。この食堂車に、開く窓はありませんか？」

「そんなことなら、早くいってくだされぱいいのに。一つだけありますよ」

車掌長は、こともなげにいった。そのあっさりしたいい方に、十津川は、かえって、

信じられない顔になって、

「しかし、調理室の窓は開かないし、客室の窓は、当然、開かないでしょう？」

「そうですね」

「他に窓はないでしょう？　トイレの窓はさっき見ましたよ」

「こっちへきてください。一つだけ、開く窓があるんです」

車掌長は、十津川たちを、調理室から出し、テーブルの間を通って、反対側の端へ連れていった。

食堂車の端の片側が、かなり広い部屋になっていた。

「車内販売準備室です」

と、車掌長がいった。

中に入り、そこにある窓を開けてみせた。

小さな窓だが、スリムな小寺万里子なら、簡単に通り抜けるだろう。

「これでいいんですか？」

車掌長が、肩をすくめるようにしていった。

「いいんです。これで、二つの殺人事件の片方が解決しました」

と、十津川は、いった。

3

その時、改札が始まったらしく、どやどやと、列車に乗り込む気配がした。

食堂車にも、七〇歳近い老婆が入ってきたが、十津川たちの姿を見て、あわてて、

「あっ、ごめんなさい」

と、出ていったが、その時、手にした信玄袋《しんげんぶくろ》を落としていった。

亀井が、拾いあげて、老婆を追った。追いついて、老婆に渡して戻ってくると、十津川が、じっと天井を見つめていた。

「どうしたんですか？」

「今、第一の事件の謎が解けたよ」

「え？」

「今の婆さんがヒントを与えてくれたんだ。東京駅で、岡山から乗ってきた田島が『ひかり』の洗面台に忘れ物をしたと考えた。しかし、違うんだ。今の婆さんと同じように、東京駅に着いた『ひかり』に、ホームにいた人間が乗り込んできて、グリーン車の洗面台に、わざと、財布や、名刺入れ、腕時計を置いていったんだ。あの『ひ

かり』が、岡山発だったものだから、岡山に出張していた田島が、この列車で帰京し、洗面台に置き忘れたと思ってしまったんだよ」

「すると、立花が『ひかり』に乗り込んで？」

「そうさ。立花は、九日の午後一一時少し過ぎに、渋谷区笹塚のマンション工事現場で、田島を殺した。そのあと、田島の財布、腕時計、名刺入れを奪い、それを持って、タクシーで東京駅へ急いだ。深夜だから、都内の道路もすいている。三〇分で着けば、一一時四六分着の問題のひかりに間に合うんだ。ホームで待っているところに『ひかり』が到着する。立花は、混雑にまぎれて、車内に入り、グリーン車の洗面台に、わざと、三つの品物を置いて出てきたのさ」

「そのあと、有楽町のスナック『ポパイ』へ駆けつけたというわけですね」

「有楽町へは、タクシーでじゃなく、山手線か、京浜東北線を使ったろう。そのほうが早いからね。東京と有楽町は、たった一駅だ。時間の余裕は二〇分足らずだが、一二時前に、有楽町の『ポパイ』に着いたと思う」

「じゃあ、田島久一郎は、岡山にはいなかったということですね？」

「田島は、七日から九日まで、岡山へ出張したが、七日の一日しか仕事をしていない。八日、九日に、彼が泊まったホテルや旅館が見つからないということは、彼が、東京に帰ってしまっていたということじゃないかな。立花は、東京に帰っている田島を見つけて、九日の夜、殺したんだ。立花は、小寺万里子も殺そうと、東北の大地主の一人息子という触れ込みで、彼女に近づいていたはずだから、田島の動きは、彼女から聞いて知っていたんじゃないかね」

「現場にあった岡山名物の吉備だんごは、犯人の立花が、岡山までいって買ってきたんでしょうか？」

「東京駅にだって、全国の名産は売っているよ」

と、十津川は、笑った。

二人は、車掌長に礼をいって、改札口を出た。

「これで、立花に対して、逮捕令状が貰えますね」

と、亀井がいった。

その立花は、多分、明日の朝、上野に着く列車で、東京に戻ってくるだろう（あの男は、逮捕されるとわかっても、逃げはしないだろう）。

「とうとう、降り出しましたね」

亀井が、小さくいった。

急行べにばな殺人事件

1

警視庁捜査一課の亀井刑事は、青森の高校を出ている。

亀井は、東京に出て、刑事になり、今は、東京の人間になってしまっているが、青森に残った同窓生も多い。

また、他県に出ても、なぜか、東北地方からは、離れられない者が多い。

第何回目かの同窓会が、仙台市内で、開かれるという通知を、亀井は、受け取った。

事件に追いかけられている亀井には、その日が、非番になるということが、ほとんどなくて、今までに、二回しか、同窓会には、出席したことがなかった。

仙台市内で、喫茶店をやっている田原《たはら》が、世話人になっての同窓会だった。

七月二日の午後六時からというから、亀井は、珍しく、二日間の休暇がとれたので、出かけていった。

仙台の繁華街にある郷土料理の店が、会場だった。

亀井のクラスは、四十二名だったが、四五歳といえば、サラリーマンなら中間管理職になっているし、子供も出来ているはずである。

そんなこともあって、この日、集まったのは、三分の一の十四名だけである。

それでも、飲み出して、話が進んでくると、高校時代の記憶が、よみがえってきた。

中年の男の顔の向こうに、少年時代の顔が、見えてくるのだ。

二時間もたつと、高校を出てからの三十年近い歳月が、いつの間にか消えてしまったような気がしてきた。

九時半頃に、一次会が終わり二次会、三次会と、続いた。

その間に、別れて、帰宅していった者もいて、最後まで残ったのは、四人になっていた。

亀井は、その夜、市内のホテルに泊まった。

翌朝、新潟県の新発田《しばた》に帰る矢代《やしろ》が、朝早い列車に乗るというので、亀井は、他の二人と、眠い眼をこすりながら、駅へ、見送りにいった。

東北地方は、太平洋側と、日本海側に、それぞれ、新幹線が走っているが、その間を横に結ぶ鉄道は、あまり、発達していない。

大宮から、盛岡と、新潟まで、東北新幹線と、上越新幹線が走るようになって、大幅に、時間が短縮されたが、仙台から新潟へいこうとすると、途中に、非電化の単線区間があったりして、時間がかかる。

矢代が、乗ったのは、仙台発七時一八分の新潟行急行「べにばな1号」である。

「ゆっくり帰るよ」

と、ホームで、矢代は、いった。

急行「べにばな」は、山形、米沢を通って、新潟にいくのだが、矢代の家がある新発田に着くのは、一二時〇五分だから、確かに、ゆっくりだった。

途中に、非電化区間があるので「べにばな」は、五両編成の気動車である。

車内は、がらんとしている。

矢代を乗せた「べにばな1号」が、ディーゼルエンジンの音を残して、出ていったあと、世話役の田原が、亀井と、もう一人残った白石《しらいし》に向かって、

「君たちは、どうするんだ？」

「まだ、朝食をすませてないんだ。これから、ホテルに戻って、食べるよ。朝食のサービス券が、もったいないからな」

と、亀井が、いった。

「おれも、そうする」

と、白石も、いった。

田原は、一緒に改札口を出てから、

「おれは、午前中、豆の仕入れなんかで、走り回らなきゃならないが、午後は、あいてるから、つき合えるよ。そうだな、二時には仕事が終わるから、車で、君たちのホテルへ、迎えにいこう。仙台市内を、案内するよ」

と、いった。

亀井は、今日一日は、非番である。福島からきた白石も「いいよ」と、田原に、いった。

2

亀井は、白石と二人、ホテルに戻ると、まず、サービス券で、朝食をとった。セルフサービスの朝食である。

トーストに、ハムエッグ、それにジュースといったお定《き》まりのセットだった。

ホテルのチェックアウトは、午前一一時までだったが、二時まで、延ばしてもらって、白石と二人、田原が、迎えにきてくれるのを、のんびり待つことにした。

ホテルの七階にある喫茶室で、市内の展望を楽しみながら、コーヒーを飲んだ。

「矢代は、今頃、どのあたりかな」

と、亀井が、腕時計を見ながら、いうと、白石は、

「あいつが、よくきたなと、思ったよ」

「なぜだ？　矢代は、律儀な男だから、よく同窓会には、顔を出してたんじゃないのか？」

「まあ、今まではね。だが、今度は、こないと思ったよ。田原が世話役だからね」

と、白石は、意外なことを、いった。

亀井は、びっくりして、

「あの二人は、仲が悪いのか？」

「前は、仲がよかったんだ。矢代も、仙台に住んでいたこともあってね」

「そうだよ。矢代は、前は、仙台だったんだ」

「それがさ、女のことで、気まずいことになったんだ」

白石は、声をひそめて、いった。

「女って、田原は、もう子供もいるんだろう？」

「奥さんと、子供一人さ。その田原が、市内の有名クラブのホステスに、惚《ほ》れてしまった」

「ふーん」

「おれも会ったことがあるが、二五、六で、なかなか美人だったよ。名前は、由加《ゆか》。まずいことに、矢代も、彼女に惚れてしまったんだ」

「矢代だって、奥さんがいるんだろう?」

「いたんだが、このことから、離婚に発展してしまってね。結局、その美人ホステスと、矢代は、再婚してしまったんだよ。田原は、振られた格好になった。矢代も、気まずかったんだろうな。叔父さんが、工場をやっている新発田へ引っ越して、今は、常務になっている。といっても、小さな会社らしいがね」

「田原は、どうなったんだ? 振られたといっても、相手が水商売の女なんだから、そう痛手は、なかったんじゃないかな?」

「ところが、それから、奥さんが怒って、子供を連れて、実家へ帰ってしまい、別れ話が、おきているそうだよ」

「それで、矢代が、こないと思ったのか?」

「そうなんだ」

「きたところをみると、二人は、仲直りしたんじゃないのか?」

「そうなら、いいんだがね」

「じゃあ、田原に、市内を案内してもらうのは悪いな」

「それは、いいよ。田原だって、おれたちと一緒にいた方が、気が晴れるさ」

と、白石は、いった。

午後二時、きっかりに、田原が、ライトバンで、ホテルに迎えにきた。

亀井と、白石は、車で、市内を案内してもらった。

もちろん、亀井は、女のことなど、田原に、きかなかった。

市内の盛り場や、青葉城跡などを、車で案内してもらい、最後に、夕食を一緒にしてから、亀井と、白石は、仙台駅から新幹線に乗った。

白石は、途中の福島までである。

田原は、仙台駅のホームまで送ってくれた。

座席に腰を下ろし、亀井は、駅のホームで買った夕刊を広げた。

突然、次の記事が、亀井の眼に、飛び込んできた。

〈急行「べにばな1号」の車内で、乗客殺さる！　殺されたのは、新発田の矢代さん〉

夕刊の締切り間際に入ったニュースとみえて、くわしい記事ではなかった。

それに、東北版だから、報道がのったのだろう。

亀井は、夢中になって、その小さな記事を読んだ。

仙台を、午前七時一八分に発車した急行「べにばな1号」が、山形、米沢と、通過して、小国《おぐに》駅に近づいた時、車掌が、1号車の車内で、殺されている乗客を発見して、大さわぎになった。その乗客は、所持していた運転免許証から、新発田に住む矢代晃《こう》一《いち》さん（四五）と判明したという記事だった。

死んでいるのが見つかったのは、午前一一時頃だとも、書いてあった。

亀井は、その新聞を、白石に見せた。

白石の顔色も、変わった。

「これ、どういうことなんだ？」

と、白石が、きく。

「おれにも、わからないよ」

亀井は、怒ったような声で、いった。

仙台駅のホームで見送った時の矢代の顔を思い出していた。

高校時代から、物静かな男だった。今度の同窓会でも、彼は、あまり、喋《しゃべ》らなかった。

「おれたちは、奴が、列車に乗るのを見送った。だから、そのあとで殺されたんだな」

と、白石が、いった。

「当たり前だろう。そんなことは」

「怒るなよ。他にいいようがないじゃないか」

白石が、文句を、いった。

亀井にも、今の段階では、何といっていいか、わからなかった。

なぜ、矢代が殺されたのか、動機が、わからないからである。

「もともと、この列車は、不運な列車なんだ」

白石は、そんなことも、いった。

「なぜだ？　紅花《べにばな》というのは、染料の紅花の意味だろう？　まあ、特急や急行の名前らしくないかも知れないけど、おれは、東北らしいいい名前だと思うがね」

と、亀井は、いった。

「そうかも知れないが、列車は、もとは『あさひ』という名前だったんだよ。急行『あさひ』さ。上越新幹線が生まれたとき、その名前を、新幹線にとられてしまって『べにばな』になったんだ。それに、普通、列車というのは、だんだん、速くなっていくもんだろう。普通が、急行に昇格。急行が、特急に昇格するみたいにね。ところが、この列車は『あさひ』から『べにばな』になって、逆に、所要時間が、長くなってしまったんだ」

「ふーん」

と、亀井は、鼻を鳴らしたが、そんなことが、矢代が殺されたことと、どんな関係があるのかという気がしていた。

白石が、福島で降り、亀井は、東京に帰ったが、翌日、警視庁に出ると、午後になって上司の十津川警部から、呼ばれた。

「すぐ、山形へいってくれ」

と、十津川が、いった。

亀井は、すぐ、矢代のことを思い浮かべた。

「同窓会のことですね」

「そうらしい。カメさんの友だちが、列車内で殺された件で、山形県警が、君を証人として、呼びたいといってきたんだ」

「わかりました。すぐ、いってきます」

と、亀井は、いった。

3

仙台まで、新幹線でいった。

仙台着が、一六時二九分である。

仙台から、山形へは、いろいろな行き方があったが、丁度、一六時三三分の「べにばな3号」が出ると知って、それに、乗ることにした。

矢代が乗った列車に、自分も乗ってみたかったのである。

五両編成の気動車は、昨日、ここで、見送った列車と、同じだった。

気動車としては、キハ58型と呼ばれる古いものである。

だいだい色の車体に、赤い線の入ったツートンカラーの気動車で、ところどころ、煤《すす》けているのは、ディーゼルエンジンの排気のせいだろうか。

車内は、向かい合わせの四人掛けの座席である。

車内はあの時と同じように、ガラガラだった。

典型的なローカル急行の感じである。ただ窓が開くので、亀井は、途中の駅で、駅弁を買って、早目の夕食をとることにした。

古い気動車なので、勾配《こうばい》が強くなると、急に、エンジン音がやかましくなり、スピードが、がくんと落ちる。二十キロぐらいになっただろう。

トンネルで、奥羽山脈を越えた。

相変わらず、乗客は少ない。

これなら、犯人が、矢代の横に座り、殺しても、他の乗客は、気がつかなかったろうと思う。

高い背もたれが、死角を作っているからだ。

山形着、一七時五七分である。

亀井は、すぐ、山形県警本部に、顔を出した。

迎えたのは、小野《おの》という中年の刑事だった。

「どうも、ご苦労さまです」

と、小野は、亀井に向かって、頭をさげた。

「いや、とんでもない。喜んで、証言しますよ」

と、亀井は、いった。

仙台の田原も、二時間ほど前に、着いていた。

「僕も、驚いているんだ。なぜ、こんなことになったのかと思ってね」

と、田原は、亀井に、いった。

「福島の白石も、呼ばれているんだろう?」

「と思うがね。おれは、君を含めて、三人で、矢代を、仙台駅で見送ったと証言したんだ。悪かったかな?」

「そんなことはないさ」

と、亀井は、手を振ってから、別室で、小野刑事に、

「福島の白石にも、くるように、いったんでしょう?」

と、きいてみた。

「ええ。電話番号を、田原さんに聞いて、今日の午前中に、連絡したんですが、いないんですよ」

「いない? 確か、自営業だと、聞いたんですが」

「そうです。福島で、洋品店をやっているんですが、奥さんが、留守だといわれるんですよ。昨夜一〇時頃、急に、出ていったまま、まだ帰ってこないというんです」

「しかし、昨日、同窓会から、帰ったばかりのはずですよ」

「ええ。奥さんの話では、昨日、午後七時半頃帰宅したあと、何か、考えごとをしていたが、今、いったように、一〇時頃、突然、出ていったというんです」

「どこへいくとも、いわずにですか？」

「そうらしいんですな。それで、今度の事件と、何か関係があるのではないかと、思っているんですが」

「田原は、何か話しましたか？」

と、亀井は、きいてみた。

「いえ、同窓会のことは、話してもらいましたが、他に、何かあるんですか？」

逆に、きかれて、亀井は、迷った。

昨日、白石から聞いたことを、話したものかどうか、考えてしまったからである。

田原には、明らかに、動機がある。白石の話では、美人のホステスを、矢代と奪い合って敗《ま》けたうえ、自暴自棄で、家庭までこわしてしまったという。自己を反省すればいいのだが、人間は、そうはしないものだ。

警察官としては、すべてを話すべきなのだが、友人としては、話すのが、はばかられる。

亀井は、迷った末、

「矢代は、どんな状態で、殺されていたんですか？」

と、きいた。

「脇腹を刺されて、殺されていました。それと、口元が切れていましたから、犯人は、声を出さぬように、片手で、口をふさいでおいて、刺したと思われますね」

「そうですか」

「三人で、仙台駅に、矢代さんを見送ったのは、本当ですか?」

と、小野が、きいた。

「事実です。あの時は、こんなことになるとは、思いませんでしたよ」

と、亀井は、いった。

その夜、亀井は、山形県警の予約してくれていた旅館に、泊まった。

東京の十津川に、電話して、これまでのことを報告した。

「それで、田原が、自分から、すべて話してくれるといいと思っているんですがね」

「そうだな。カメさんの気性からいうと、友人が、不利になるような証言は、出来ないだろうね」

「まあ、田原が犯人じゃないとは、思っているんですが」

「容疑者は、浮かんできているのかい?」

「いや、まだ、浮かんでいないようです。県警は、財布や、腕時計が盗《と》られていないので、動機は、怨恨《えんこん》とみているようですが」

「すると、田原という君の友だちは、ますます、不利になるね」

「それで、余計に、白石に聞いた話を、県警に、いえなくなってしまったんですが」

と、亀井は、いった。

翌日、亀井が、県警本部に顔を出すと、なぜか、昨日とは、空気が違っていた。

小野刑事が、冷たい眼で、亀井を見て、

「正直に、話してくれませんか」

と、いった。

「何のことですか?」

「矢代晃一を殺したのは、あなたですか?」

「え?」

4

とっさに、田原と、矢代の間の、女をめぐっての確執のことをいっているのかと思ったのだが、違っていた。

小野刑事は、亀井が、矢代を殺したのではないかと、疑っているのだ。

「どういうことですか？　それは」

と、亀井は、さすがに、むッとした顔で、きき返した。

しかし、小野刑事は、あくまで、冷静に、

「正直に話してもらいたいんですよ。七月三日の朝、あなたは、田原さんと、白石さんと、仙台駅に、矢代さんを見送りにいった」

「そうですよ」

「ところが、あなたは、急行『べにばな1号』が発車する寸前になって、突然、飛び乗ってしまった」

「ちょっと待って下さい」

亀井は、あわてて、相手の言葉をさえぎった。

何かおかしい。

「どういうことですか？　それは」

と、亀井は、きいた。

「田原さんが、そう証言しているんですよ。あなたが、発車間際に『べにばな1号』に飛び乗ったと」

「そんなことはありませんよ。私は、まだその時、朝食をとってないのでホテルへ戻って、白石と一緒に、セルフサービスの朝食をとったんです。白石にきいて下さい。福島の白石です」

「ところが、その白石さんが、見つからないんですがねえ」

「私と白石は、ホテルで、午後二時まで待って、田原と一緒に、市内見物に出かけたんです。そうだ。午後二時に、チェックアウトしたから、ホテルのフロントで、きいてくれればわかりますよ」

と、いってから、亀井は「あッ」と、叫んでしまった。

その日、午後二時に、田原は、ホテルに迎えにきてくれたのだが、

「フロントで、おれが、二人の宿泊代を、払っておいたよ」

と、いったのだ。

もちろん、亀井は、そんなことをしてもらう理由がないといって、返したのだが、それは、田原の罠《わな》だったのではないか？

それで、午後二時に、あのホテルにいたというアリバイは、消えてしまったのだ。いや、むしろ、友人が、立てかえたとなれば、亀井が、二時に、そこにいなかったからだと、誰もが考えるだろう。

ホテルの七階の喫茶室で、コーヒーを飲んだが、あれだって、白石が、現れてくれ

ないと、証人がいなくなってしまうではないか。

「田原は、私が、矢代を殺したといってるんですか？」

「そうです。友だちを悪くいうのは、心苦しいが、パーティのとき、人のいないところで、あなたと、矢代さんが、いい争っていたと、田原さんは、証言しているんですよ」

「とんでもない。同窓会では、私は、矢代とは、ほとんど、話してないんですよ。私より、田原の方が、怪しいんじゃないかな。田原は、妻子がありながら、死んだ矢代と、クラブのホステスを争って、敗けたんです。しかも、家庭も崩壊した。それで、矢代を憎んでいたことは、間違いないんです」

「そのことは、田原さん自身、われわれに、話してくれましたよ」

「どう話したんですか？」

「確かに、クラブで、好きになったホステスがいた。そのホステスが、今、矢代さんの奥さんになっていることも、事実だが、恨みなんかない。その証拠に、矢代さんの結婚式には、ちゃんと出席しているし、今度の同窓会でも、仲よく、話し合ったといっているんです」

小野刑事は、二枚の写真を見せてくれた。

今度の同窓会で、撮った写真である。その写真には、田原と、矢代が握手している姿と、肩を抱き合っている姿が、写っていた。

「矢代さんの結婚式に、田原さんが出席している写真も、見せられました」

「矢代さんの奥さんに聞けば、田原のいうことが、本当かどうか、わかりますよ」

「彼女には、今朝、きてもらいました」

「それで、何といってるんですか？」

「夫と、田原さんと、自分の間に、三角関係があったのは、事実だが、その後、夫と、田原さんは、和解したと思っているといっています」

「それが、和解していなかったんだ。だから、田原が、矢代を殺して、私に、罪をなすりつけようとしているんですよ。そうでなければ、私が『べにばな1号』に、飛び乗ったなんて、嘘《うそ》をつくはずがない」

「しかし、向こうは、あなたが殺したに違いないと、いってるんですがね」

「そんな無茶な。私は、今いったように、矢代を、仙台駅で送ってから、白石と、ホテルに戻ったんです」

「その白石さんが、いてくれれば、あなたのいうことが、確認できるんですが」

小野刑事は、当惑した顔で、いった。

その日の夕方になって、事態は、ますます悪くなってきた。

亀井が、心配したとおり、彼が、ホテルにいたという証言が得られなかったと、小野刑事が、いうのである。

「宿泊料の支払いも、あなた自身でなく、田原さんがやったことがわかりました。それでは、あなたのアリバイが、証明できません。それどころか、田原さんは、あなたに、電話で頼まれて、ホテルの支払いをしたと証言しているんです」

「奴は、嘘をついているんです。田原は、初めから、私を、罠にはめる気だったんですよ」

亀井は、暗たんたる気持ちで、小野刑事に、いった。

5

亀井刑事のことで、十津川は、山形県警から連絡を受けると、すぐ、東京を出発した。

亀井は、留置されていた。

県警の捜査一課長は、十津川に、向かって、

「われわれも、亀井刑事が、殺人を犯したとは、思いたくないんですが、状況が、だんだん悪くなってきて、留置せざるを得なくなったわけです」

といった。

「会わせてもらえますか」

と、十津川はいい、了解を得て、亀井に、会った。

亀井が、こんなに、暗く、疲れた顔をしているのを見るのは、十津川には、初めてだった。

自分が、殺人の容疑者にされてしまったことが、落ち込んでいる理由ではなくて、自分を罠にかけたのが、二十七年ぶりに会った同窓生だったことで、亀井は、暗たんたる気持ちになっているようだった。

「今度の同窓会に集まったのは、十四人だったんだろう。その中の一人が、たまたま、カメさんを裏切っただけじゃないか」

と、十津川は、いった。

「しかし、田原は、世話好きで、私とも、仲がよかったんです。あの田原が、私を裏切ったなんて、今でも、信じたくないんですよ」

「カメさんの気持ちは、よくわかるよ。だが、君が知っているのは、二十七年前の田原という男、いや、少年だろう。その後、彼の人生に、何があったか、カメさんは知らないわけだ。君が知っている一八歳の田原より、もっと長い二十七年間の田原を、カメさんは、知らない。そう考えれば、少しは、救われるんじゃないかね」

「それは、そうですが――」

「とにかく、君の無実を証明しなければならない」

「白石がいれば、簡単に証言してくれるんですがね」

「下手《へた》をすると、彼も、田原に、殺されているかも知れないな?」

「私もそう思います」

「白石は、福島に住んでいるんだったね」

「そうです。奥さんの話では、七月三日の夜、帰宅してから、また、一〇時頃に、突然、出ていったきり、戻ってこないというんです」

「カメさんは、どう思う?」

「今から考えると、白石は、矢代を殺したのは、田原だと思ったんじゃないかと思うんです」

「しかし、それだけでは、わざわざ、夜おそく出かけたりはしないだろう?」

「そうですね」

と、亀井は、肯《うなず》き、じっと、考え込んでいたが、顔をあげると、

「多分、白石は、田原が、どうやって、矢代を殺したかわかったんだと思いますね。それで、確信を持った」

「しかし、白石は警察や、カメさんには、電話しなかったんだね？」

「そうです。私も、警察の一員ですから、警察に、連絡しなかったといっていいと思います。田原が、殺したと確信しながらも、私と同じで、やはり、信じたくなかったんでしょう」

「それで、直接、田原に会って、確かめようとしたのかな？」

「そうだと思います。夜の一〇時なら、まだ、福島から、仙台へいく新幹線はありますから。話し合って、田原に、自首してもらおうと思ったんだと思いますね。私だって、白石の立場なら、そうしたと思います」

「だが、逆に、田原に、殺されてしまったか――」

「そう思います。しかも、白石を消せば、私のアリバイも、証明できなくなる。それも、狙ったんだと思います」

「では、白石が、なぜ、田原が犯人と確信したか、考えてみよう。多分、彼は、田原のアリバイを崩すことに成功したんだ」

「そう思います」

喋っている間に、亀井は、少しずつ、元気になっていった。

それは、やはり、亀井が、刑事だからだろう。自分が、容疑者にされているいないは別にして、事件にぶつかっていく刑事の本性みたいなものかも知れない。

十津川は、ほっとしながら、

「田原は、カメさんや、白石と一緒に、七月三日の朝、仙台発の『べにばな1号』に乗る矢代を、見送ったんだね？」

「そうです」

「見送ったあと、一緒に、駅を出たのかね？」

「三人で、一緒に、改札口を出ました。これは、間違いありません。駅の外で、田原が、これから、車で、市内を仕事で回らなければならない。午後二時に、ホテルへ迎えにいくから、その時間まで、ホテルにいてくれと、いわれたんです」

「すると、田原と別れたのは、正確には、何時頃かな？」

「七時一八分発の急行『べにばな1号』を、見送ってから、駅を出て、少し話をしましたから、七時半は過ぎていたと思います」

「ホテルに迎えにきたのは、二時に間違いないわけだね？」

「これは、きっかり二時でした。間違いありません」

「七時半から二時までの六時間半の間に、田原が、急行『べにばな1号』に追いついて、車内で、矢代を殺し、仙台へ戻ってこられることを、証明できれば、田原のアリバイは、崩れるわけだ」

「そうです」

「まず、それが可能かどうか、調べてみるよ」

と、十津川は、いった。

6

十津川は、仙台へいき、亀井の泊まったホテルに、自分も泊まることにした。

駅から歩いて、七、八分の場所にあるホテルだった。

田原は、この仙台の町を、仕事で、車を走らせたといっている。

だが、田原が犯人なら、これは、嘘ということになる。この間に、田原は、急行「べにばな1号」を、追いかけたのだ。

十津川は、ホテルの喫茶室で、コーヒーを注文してから、途中で買ってきた時刻表を、広げてみた。

急行「べにばな1号」が、どこを、どう走るか、まず、地図で、調べてみた。

かなり、複雑な線区を走るのが、わかった。

この地図を見ると、急行「べにばな1号」が、かなり遠回りして、走っているのが、わかる。

まず、仙台から仙山《せんざん》線（仙台－山形）を走り、奥羽《おうう》本線に入って、米沢までいき、米沢からは、米坂《よねさか》線（米沢－坂町）を走る。

誰でも、すぐ気がつくのは、赤湯－米沢－今泉のあたりだろう。

急行「べにばな1号」は、大回りしている。

	↓	
赤湯	9.21	9.22
	↓	
米沢	9.43	9.46
	↓	
今泉	10.14	10.15
	↓	
小国	11.06	11.07

もし、赤湯から、米沢を回らずに、長井線を通って、赤湯－今泉を走れば、時間は、

かなり、短縮される。

長井線は、普通列車しか走っていないが、この間（十三・五キロ）を、二一分間で、走っている。

急行「べにばな1号」は、赤湯－今泉間を、米沢を回るので（四十一・三キロ）五二分間かかっている。

矢代は、列車が、小国駅に着く途中、死体で発見された。

従って、急行「べにばな1号」が、小国へ着くまでに、田原は、乗り込んだはずである。

田原が、仙台駅で、急行「べにばな1号」に乗らなかったことは、亀井も、認めている。

駅の外に出て、七時半頃に別れたという。

と、すれば、田原は、そのあと、追いかけて、どこかで「べにばな1号」に、乗ったのである。

七時三〇分に、仙台駅に戻ったとしよう。

矢代を乗せた急行「べにばな1号」は、七時一八分に出ているから、一二分間おくれていることになる。

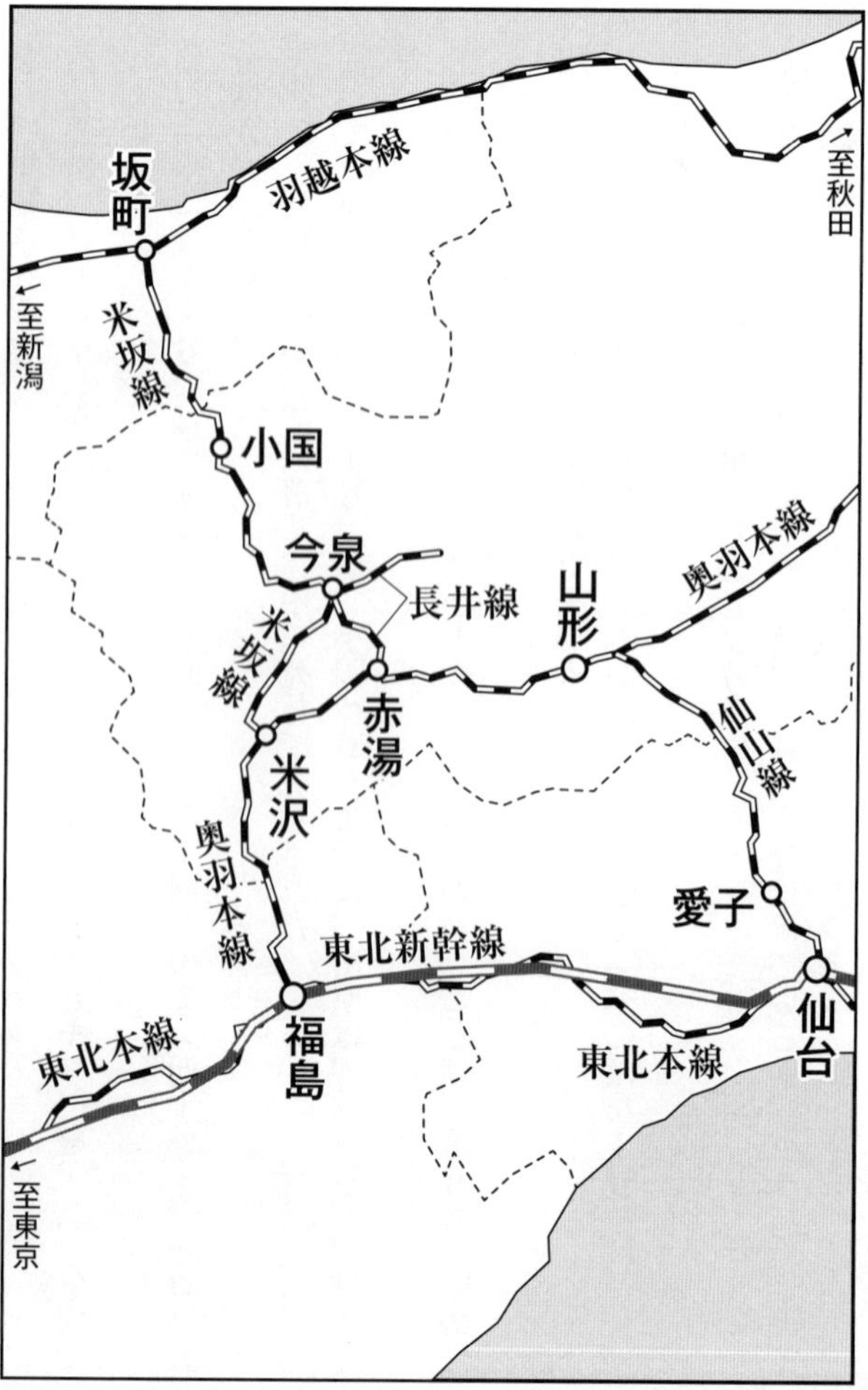

坂町
羽越本線
至秋田
至新潟
米坂線
小国
今泉
長井線
山形
奥羽本線
米坂線
赤湯
米沢
仙山線
奥羽本線
愛子
東北新幹線
仙台
福島
東北本線
東北本線
至東京

逆にいえば、小国までのどこかで、一二分のおくれを取り戻すことが出来れば、田原は、急行「べにばな1号」に乗り込み、矢代を殺すことが、出来るはずである。

そこで、すぐ、思いつくのが、赤湯－米沢－今泉だった。

赤湯から、長井線を利用して、今泉にいけば、米坂線を回る急行「べにばな1号」より、三一分間、早くいけるのだ。

数字だけを見れば、三一分おくれで、仙台を出ても、急行「べにばな1号」に、追いつけるということである。

（田原は、この時間差を利用したのではないだろうか？）

もし、急行「べにばな1号」のあと、三一分以内に、仙台を出て、米沢方面へ向かう急行列車があれば、それに乗り、赤湯で降り、長井線で、今泉に出れば、今泉で、先行する急行「べにばな1号」に、乗れるはずである。

十津川は、時刻表を見返した。

仙台発の仙山線のページを見ると、七時一八分発の急行「べにばな1号」のあと、仙台を出発するのは、九時二六分発の快速「仙山」である。

この列車の前に、普通列車が、三本出ているが、二本は、途中の愛子《あやし》までしかいかないし、もう一本は、山形で、二時間近く、おくれてしまう。

快速「仙山」も、急行「べにばな1号」より、二時間八分もおくれて、仙台を発車するから、これでは、どうやっても、追いつけないだろう。第一、山形止まりで、赤湯まで、いかないのだ。

急行「べにばな1号」と同じ仙山線を走るのでは、追いつけない。

と、いって、田原が、車を使って、追いかけたとは、思われなかった。

道路事情がわからないのに、車を使っての殺人計画は、立てにくい、時速何キロで走ったと、計算しても渋滞に巻き込まれてしまったら、それで、すべてが、駄目になってしまうからである。

それに、田原は、午後二時に、仙台市内のホテルに、亀井を迎えにいくと約束していた。つまり、急行「べにばな1号」に追いついて、矢代を殺し、午後二時までに仙台へ戻ってこられると、計算していたことになる。

不確実な車を使って、帰りの時間まで、きちんと計算は、出来ないだろう。

とすれば、車より、時間を正確に計算できる鉄道を利用したに決まっている。

白石という男は、田原が、矢代を殺したことに気がついて、田原に会いにいって、殺されたと考えられる。とすると、白石は、なぜ、簡単に、田原が犯人だと、考えついたのだろうか？

田原が、女のことで、矢代を憎んでいたことを、知っていたからだろうか？

しかし、そのことは、亀井も、白石から聞いて、知っていたはずである。しかも、亀井は、犯罪捜査の専門家なのに、田原が殺したという確信は、持てずにいる。

（なぜだろうか？）

十津川は、考え込んだ。

白石は、福島に帰って、すぐ、気がついたと、思われる。

白石の家が、福島にあるから、気がついたのではないのか？

十津川は、もう一度、時刻表の地図を広げてみた。

福島の近くを見てみる。

（東北新幹線だ）

と、思った。

なにも、急行「べにばな1号」のあとを追いかけなくてもいいのだ。

新幹線で、福島へ出て、福島から、奥羽本線に乗っても、米沢、赤湯にいけるのである。

ただ、問題は、時間が、間に合うかだった。

7

田原は、七時半に、仙台にいた。
これが、出発点である。
何時の東北新幹線で、福島へいけるだろうか？
一番早いのは、七時四八分仙台発の「やまびこ10号」である。
一八分の余裕があるから、この列車には、乗れるだろう。
福島着が、八時一六分。
問題は、次の奥羽本線である。
十津川は、奥羽本線の下りのページをめくってみた。
福島発八時四二分の秋田行「つばさ3号」が、すぐ、眼に入った。
このL特急は、米沢に、九時二三分に着き、赤湯は、停車しない。
一方、急行「べにばな1号」が、米沢に着くのは、九時四三分である。
十津川は、拍子抜けした。
なにも、長井線を利用することはなかったのである。

東北新幹線－奥羽本線を利用すれば、二〇分も前に、米沢駅に、先回りできるのだ。

十津川は、ほっとした。

が、まだ、問題は、残っている。

午後二時までに、仙台へ、戻らなければならないからである。

何時間もかけて、仙台に戻るのなら、誰でも出来る。

しかし、田原は、午後二時までに、仙台へ戻ると、亀井や、白石に約束していたのだ。

いきは、新幹線と、奥羽本線を利用して、米沢から、急行「べにばな1号」に乗ったことは、明らかだ。

しかし、小国までいって、果して、二時までに戻れるだろうか？

急行「べにばな1号」の小国着は、一一時〇六分である。

ここで下車し、今度は、米沢行の列車に乗らなければならない。

一番早い列車は、小国一三時三八分発の米沢行の普通列車である。しかし、この列車は、米沢に着くのが、すでに、一五時二八分だから、午後二時を過ぎてしまっている。

だから、小国まで乗っていったのでは、間に合わないのだ。

米沢で、急行「べにばな1号」に乗ったあと、恐らく、今泉までの間に、矢代を殺して、今泉で、降りたに違いない。

これなら、間に合うだろうか？

急行「べにばな1号」の今泉着が、一〇時一四分である。

長井線を利用して戻るとすれば、一一時二九分発の列車が、一番早い。

この列車の米沢着が一二時〇三分。

米沢から、奥羽本線で、福島へ向かうとすると、一二時二一分米沢発の特急「つばさ4号」に乗ることが出来る。

このL特急の福島着は、一三時〇二分。

福島から、東北新幹線に乗るとして、一三時三〇分発の「やまびこ21号」では、仙台着が、一三時五九分。

午後二時一分前に着くが、これでは、亀井たちの待っているホテルに、二時には着けない。

駅から、歩いて七、八分は、かかるからである。

各駅停車の「あおば」なら、もう一つ前に乗れる列車があった。

一三時一二分福島発の「あおば207号」である。

これにも、乗れるのだ。

この「あおば207号」の仙台着は、一三時四七分。

午後二時に、ホテルにいくことが出来た！

8

十津川は、すぐ、山形県警の捜査一課長に電話をかけた。

彼は、今の推理を話し、田原が、矢代を殺した犯人に違いないと、いった。

「それに、田原は、白石という友人も、殺していると思います」

「本当ですか？」

一課長の声が、大きくなった。

「間違いありません。白石は、七月三日の夜、福島の家へ帰ったあと、一〇時頃、また、家を出ています」

「それが、仙台へ向かったと？」

「そうです。白石は、田原が、矢代を殺したと推理し、それを確かめるために、田原に会いにいったんだと思いますね。それで、田原は、白石の口を封じるために、殺したんです」

「それを、証明できますか？」

「田原が、山形県警へ来たのは、いつですか？」

「七月四日の夕方にきてもらいました」

「そうすると、白石の死体を、時間をかけて、始末したのは、七月三日の夜中ということになります」

「なるほど」

「彼の車のナンバーを調べて、その車が、七月三日の夜中に、どこかを走らなかったか、調べてみましょう」

「とにかく、仙台へいきます」

と、一課長は、いった。

課長は、五人の部下を連れて、仙台へやってきた。

十津川は、仙台駅に、彼等を迎えにいった。

夜になっていた。

駅の構内で、十津川は、山形県警の刑事たちと、話し合った。

「田原は、今、油断していると思います」

と、十津川は、一課長に、いった。

「そうでしょうね。おたくの亀井刑事を、容疑者として、留置していますから」

「徹底的に、尾行すれば、必ず、ボロを出すと思います」

「わかりました。二人、尾行につけましょう」

と、一課長はいい、すぐ、部下の刑事二人を、田原の住所に、向かわせた。

「あとは、どうします？」

課長が、きいた。

「白石が、夜の一〇時に、自宅を出たとすると、二二時一二分発の『あおば217号』に乗ったと思います。仙台着は、二二時四七分です」

「すると、その時刻に、ここで、田原と会った可能性がありますね？」

「田原は、車で迎えにきて、白石を、車に乗せて、どこかへ連れていったと思います」

「田原の車の種類は、わかっていますか？」

「白のライトバンです。ナンバーも、調べておきました」

十津川が、メモを渡すと、一課長は、残りの三人に、駅周辺の聞き込みを命じた。

十津川と、一課長は、宮城県警の協力を得るために、あいさつにいった。

宮城県警では、捜査一課の原という警部が、協力を、約束してくれた。

この日、朝まで、田原は、まったく動かず、尾行は、空振りに終わった。

しかし、山形県警の刑事が、田原のライトバンの車内を、調べてみた。

宮城県警の鑑識も、協力してくれた。

その結果、助手席のシートに、血痕らしきものを発見した。

採取して、持ち帰って、検査したところ、やはり、人間の血で、血液型は、Bと、わかった。

すぐ、福島の白石宅に、電話で、問い合わせた。

結果は、十津川の期待したものだった。白石の血液型も、Bなのだ。

翌日。

刑事たちは、七月三日の田原の行動を洗った。

田原は、朝の七時一八分仙台発の急行「べにばな1号」を見送ったあと、コーヒーの仕入れなどで、仙台市内を、車で走り回ったと証言している。

果して、それが事実かどうかの確認だった。

宮城と、山形の両県警の刑事たちが、仙台市内を、走り回った。

七月三日に、田原に、コーヒー豆を売ったという店はなかった。

明らかに、田原は、嘘をついているのだ。

そんな空気を、田原は、敏感に、感じとったのかも知れない。

夜に入って、田原は、急に動き出した。

ライトバンに乗って、自宅を出た。

宮城県警が用意してくれた覆面パトカーが、尾行に移った。

この車には、十津川も、乗っていた。

田原の車は、郊外へ出た。

「どこへいく気でしょうか？」

と、山形県警の一課長が、きいた。

「恐らく、白石の死体を埋めた場所でしょう。急に、不安になってきたんだと思いますね。矢代殺しの方は、何とか、弁明できるとしても、白石殺しの方は、死体が見つかってしまったら、それで、終わりです。それで、きちんと、埋め直しにいくんだと思いますね」

田原は、雑木林の傍《そば》で、車を止め、懐中電灯と、スコップを持って、中へ入っていった。

十津川たちも、足音を忍ばせて、雑木林の中へ、入った。

足元で、かさかさと音がする。だが、田原は、十津川たちに気付かない様子だった。

急に、立ち止まった。

地面に、懐中電灯を向けている。

しばらく、その姿勢で、田原は、考えていたが、意を決したとみえて、スコップで、地面を掘り始めた。

死体を、深く埋め直そうと、考えたのだろう。

三〇分ほどで、田原は、スコップを置き、掘った場所を見つめた。

十津川たちが、足音を殺して、そっと、近づいた。

「それが、白石の死体かね？」

と、十津川が、声をかけた。

ぎょっとした田原の顔が、振り向いた。

それで、勝負が、決まった。

「申しわけありませんでした」

と、田原は、十津川に向かって、頭を下げた。

十津川は、小さく首を横に振った。

「それは、亀井刑事に、いいたまえ。彼は、自分が犯人扱いされたことより、友人の君に裏切られたことを、悲しんでいたんだ」

特急あいづ殺人事件

1

特急「あいづ」は、昭和四十年から、二十年以上、走り続けている特急列車である。

最初は、気動車特急として、上野－山形間の「やまばと」に、併結して、会津若松まで、走っていたが、四十三年一〇月に「あいづ」として独立している。

現在、一往復だけの運転だが、上野から乗りかえなしに、猪苗代や、会津若松へいけるので、人気がある。

十津川の妻の直子《なおこ》も、友人が、猪苗代湖の湖畔《こはん》に建てたペンションに、招待されていくのに、この列車を使うことにした。

猪苗代湖に、一番早くいくには、東北新幹線で、郡山《こおりやま》に出て、磐越西線に乗りかえる方法だろう。

最初は、そのルートで、と思ったが、乗りかえるのが、面倒なのと、別に急ぐ旅行でもないので、直子は、直通の「あいづ」にしたのである。

下りの特急「あいづ」は、一四時一五分上野発で、猪苗代着は、一七時二八分である。三時間少しの旅だから、別に、新幹線を、使うこともないだろう。

夫の十津川は、仕事の都合で、送りにきてくれなかったが、すれ違いはしょっちゅうだから、別に苦にならない。上野駅に着くと「これからいってきます」と、電話しておいて、改札口に入った。

9番線には、すでに、下りの「あいづ」が、入線していた。

九両編成で、6号車が、グリーン車になっている。旅行する時は、ぜいたくをしたくて、直子は、グリーン車にした。

会津若松へは、逆編成で走るから、6号車といっても、先頭から四番目である。

まだ、三月下旬で、東北の観光シーズンには、間があるせいか、グリーン車は、すいていた。三十パーセントほどの客しかいない。ウィークデイのせいもあるだろう。

旅行する人間としては、列車は、すいている方がいい。直子は、座席を確かめてから腰を下ろし、上野駅の売店で買った東北の観光案内を広げた。

東北には、何回かいっているが、猪苗代湖へいくのは、初めてである。

福島県のほぼ中央、海抜五一四メートルにある、面積は、わが国三位の湖と、書いてある。近くには、野口英世の記念館や、民俗館もあるらしいから、明日は、見物にいってみようか。それに、白鳥浜というのもある。まだ、白鳥は、いるのだろうか。

そんなことを考えているうちに、列車が、発車していた。車掌が、車内検札に、やってくる。

列車は、大宮、宇都宮と停車する。宇都宮には、二分停車なので、直子も、ホームに降りて、駅弁を買った。

宇都宮は、明治十八年に、ここで売られた梅干入りのにぎり飯が、日本最初の駅弁であるだけに、売られている駅弁の数は多い。

直子は、その中から、とりめし弁当を買った。とりのスープで、炊《た》きあげたご飯の上に、とりそぼろ、ひなどりの照り焼きが、のっている。おかずは、香のものや、枝豆である。

列車が、動き出してから、直子は駅弁のふたを取り、食べ始めた。それほど、お腹はすいていなかったが、旅行に出ると、駅弁を買うのが、楽しみだったからである。

お茶をついで、一口飲んだ時、突然、前方で、悲鳴が、起きた。甲高い、女の悲鳴だった。

はっとして、悲鳴のした方に、眼をやった。
三、四列前の座席から、若い女が、ふらふらと立ち上がり、そのまま、通路に崩折れた。
胸に、ナイフが突き刺さっているのが見えた。血が、出ている。

近くにいた乗客は、呆然《ぼうぜん》として、見ているだけである。

直子は、駆け寄って、女の身体を、抱き起こした。血が噴き出して止まらない。

「すぐ、車掌さんを、呼んで下さい！」

と、直子が、叫んだ。

乗客の一人が、あわてて、連絡に走っていった。

その時、直子の腕の中で、女が、小さく、口を動かした。

「何なの？」

と、直子は、耳を近づける。

「アキ――」

と、かすかに、聞こえた。

2

「もう一度、いって！」

と、直子は、大声でいった。が、女は、もう、何かいう気力も、体力もなくなってしまったのか、眼を閉じ、ぐったりとなってしまった。

車掌が、飛んできた。

「次は、どこで停まるの？」

と、直子がきく。

「西那須野で、あと、五、六分で着きます」

「駅に連絡しておいて、すぐ、救急車で運べるようにして」

と、直子は、いった。

西那須野に着くと、救急車が、待っていて、すぐ病院へ運ばれた。

同時に、警察にも連絡がいったので、病院には、栃木県警の刑事たちが、パトカーで駆けつけた。

直子は、いきがかりから、救急車に同乗して、那須塩原の病院まで、いった。

胸を刺された若い女は、すぐ、手術を受けたが、その途中で、死亡した。失血死である。

おかげで、直子は、県警の刑事たちから訊問《じんもん》される破目になった。

直子は、突然、悲鳴が聞こえた時、若い女が、通路までよろめいてきて倒れ、胸にナイフが突き刺さっていたこと、そして、自分に向かって「アキ――」と、いったことを話した。

県警の刑事たちは、最後の伝言に鋭く、関心を示した。

「アキ——といったのは、間違いありませんか？」

と、刑事たちの中の、大内《おおうち》という警部が、念を押した。

「間違いありませんわ。アキと、確かにいいました。どういう意味か、わかりませんけど」

「彼女は、胸を刺されて、殺されましたが、グリーン車内で、怪しい人間を見ませんでしたか？」

と、大内警部がきく。顔の大きな男だなと、直子は、思いながら、

「ともかく、とっさのことだし、一刻も早く、列車からおろして病院にと思っていましたから、他のことまでは、気が回りませんでした」

と、直子は、正直に、いった。

「被害者は、宇都宮から猪苗代までの切符を持っていましたが、宇都宮で乗ってきたのは、知っていましたか？」

「いいえ。私は、宇都宮でホームに降りて駅弁を買うのに夢中でしたから、気がつきませんでしたわ」

と、直子は、いってから、

「じゃあ、宇都宮の人なんですか？」

「いや、運転免許証から見ると、東京の人間ですね。多分、宇都宮で、何か用があって、今日は、あの列車で、猪苗代へいくつもりだったんでしょう。グリーン車の９Ｄの切符です」

「そうだと思いますわ、私の三、四列前の席にいたんですから」

と、直子は、いった。

彼女がいろいろと、証言したせいか、それとも、警視庁捜査一課の十津川の妻とわかったためか、大内は、被害者の名前を、教えてくれた。

橋口《はしぐち》ゆう子、二七歳。東京都世田谷区松原一丁目「ヴィラ松原３０６号」。

それが殺された女性の身元だという。

「何をしている人なんですか？」

と、直子がきくと、

「それを、これから調べるんです」

と、大内は、いった。

黒磯警察署までいき、そこで、直子は、改めて調書をとられた。恐らく、ここに、捜査本部が、置かれるのだろう。

直子は、警察の電話を借りて、猪苗代の友人に、電話をかけ、おくれることを告げた。

「列車の中で、殺人なんて、本当なの？」

と、大学時代からの友人は、疑わしげに、きいた。

「テレビのニュースで、やると思うから見ていて」

「もちろん見るけど、それが、本当だとすると、あなたが、こちらに着くのは、明日になりそうね」

「どうして？　まだ、午後の六時前よ」

「きっと、あなたが、事件に興味を持って、そっちで、聞き回るからよ」

と、友人は、笑った。

彼女の推測は、当たっていた。直子は、持ち前の好奇心で、黒磯にとどまり、事件の推移を見守ることになった。

会津若松行の「あいづ」には、栃木県警の刑事が二人、西那須野から乗り込んで、走る車内で、車掌や、他の乗客から事情聴取を始めていた。

その結果も、黒磯署に置かれた捜査本部に、報告されてきた。

直子は、黒磯署に、腰を落ちつけ、その情報を、仕入れようとした。

大内警部は、その中から、教えてくれたこともあれば、教えてくれないこともあった。「あいづ」の車掌は、被害者が、宇都宮から、一人で乗ってきたと証言した。それを、直子にも教えてくれたが、他の乗客の証言は、教えてくれなかった。

また、車内で、被害者橋口ゆう子のものと思われるショルダーバッグが発見されたというが、その中身は「現在調査中」ということで、教えてくれなかった。

3

直子は、その夜おそく、猪苗代湖に着いた。

友人、広田《ひろた》みさ子のペンションに入って、すぐ、テレビを見せてもらった。やはり、自分が巻き込まれた事件のことが、気になったからである。

「やっぱり、事件になると、血がさわぐのね」

と、傍《そば》から、みさ子が、からかった。

「静かにして」

と、直子は、口に、指を当てた。

みさ子に何といわれても、夢中で、ニュースを見ていた。

午後一一時のニュースでは、殺された橋口ゆう子の職業が、はっきりした。ショルダーバッグの中身や、東京に問い合わせたりして、彼女が、ルポライターだと、わかったとしている。

彼女が、寄稿した雑誌やメモ帳、それに、カメラなどが、バッグの中に、入っていたという。

ただ、直子の聞いたダイイングメッセージについては、何の発表もなかった。どうやら、警察が意識して、おさえたらしい。

「女のルポライターか」

と、直子は、テレビから眼をそらして、呟《つぶや》いた。

そのことと、あの「アキ――」という言葉とは、関係があるのだろうか？

東京の自宅に、電話すると、夫の十津川が出て、

「栃木県警の大内警部に聞いたが、大変だったらしいね」

「そうなの。服に血がついて、なかなか、落ちなかったわ」

「大内警部が、君にいっておいて欲しいといったことがある」

「ダイイングメッセージのことでしょう？」

「そうだ、県警としては、しばらく、伏せておきたいそうだよ。だから了承してくれ

と、いっていた」

「じゃあ、私は、黙っていた方がいいわね？」

「それがいい。犯人にとって、致命傷になるダイイングメッセージだとすると、君だけが知っていると思えば、君の口を封じようとするかも知れないからね」

と、十津川は、心配した。

「わかったわ。それで、被害者のことを、調べているんでしょうね」

「協力要請があったんでね」

「どんな女性なの？」

と、直子がきくと、十津川は「おい、おい」と、呆《あき》れた様子で、

「また、首を突っ込もうというんじゃないだろうね？」

「もう、すでに、巻き込まれてしまってるわ」

と、直子は、いってから、

「どんな女性？」

と、もう一度、きいた。

「まだ、表面的にしかわからないが、独身で、筆も立ち、男に伍《ご》して、立派に、やっていたらしいよ。それどころか、負けず嫌いだったようだ」

「何の仕事で、あの列車に乗ったのかしら？」

「それが、わからないんだが、彼女がよく仕事をしていた雑誌の編集長の話だと、何か大きな事件を追っていたらしいということだ。期待して、待っていて下さいといって、出かけたそうだよ」

「面白くなってきたわ」

「まさか、君が、彼女に代わって、その事件を追いかけようって、いうんじゃないだろうね？」

「それが、何かわかれば、やってみたいけど」

と、直子は、いった。

「あまり、私に、心配させないでくれよ」

「いつもは、あなたが、私を心配させているのよ」

と、直子は、一言いっておいた。

4

翌朝、十津川は、前夜の戸惑いを引きずったまま、警視庁に、出勤した。

戸惑いは、妻の直子のことである。好奇心が、旺盛《おうせい》すぎるから、とんでもないことをしないとも限らない。それが、心配だった。何といっても、事件、特に、殺人事件に関してはアマチュアなのだし、犯人の方は、だからといって、手心は、加えないかららである。

「栃木県警から、リストを送ってきました」

と、亀井が、いった。

「何のリストだい？」

「昨日『あいづ』のグリーン車に乗っていた乗客のリストです」

「西那須野で、乗り込んで、県警の刑事が作ったやつか」

「そうです。全員で、十六名。そのうち、東京が、九名です」

「グリーン車の定員が、確か四十八名だから半分以下か」

「かなり、すいていたようです」

「しかし、犯人は、グリーン車で、刺したあと、他の車両に、逃げていったかも知れんじゃないか」

「その点をききましたら、車掌にも協力してもらって、九両の車両の乗客全員の切符を調べたそうです。それで、グリーン切符の人だけ住所、名前を、メモしたと、いっていますよ」

「それならいいが」

「みんなに、分担して、調べさせます」

と、亀井が、いった。

九名の乗客が、西本刑事たち三人に割り当てられ、彼等が、出かけていった。

そのあと、日下《くさか》と、清水《しみず》刑事の二人が、もう一度、被害者橋口ゆう子のことを調べに、警視庁を出ていった。知りたいのは、彼女が、何を調べようとしていたかである。

「警部の奥さんが聞かれたダイイングメッセージのことは、どう思われますか？」

と、二人だけになってから、亀井が、十津川に、きいた。

「アキ——ねえ。普通に考えれば、犯人の名前だろうね」

「秋本とか、秋山ですか」

「ああ。あるいは、明といった姓名の名の方かも知れない」

「私は、ひょっとして、地名かも知れないと思って、調べてみたんですが」

と、亀井が、いう。

「地名ね。アキのつく地名か」

「東北だと、秋田がありますが」

「しかし、被害者は、猪苗代へいくことになっていたんだろう?」

「そうなんです。猪苗代までの間に、アキのつく地名なり、駅名なりがあるかと思ったんですが」

「あるかね?」

「あの列車が停車する駅にはありません」

「じゃあ、やはり、犯人の名前だろう」

と、十津川は、いった。

「もう一つわからないのは、列車の中で刺されたのに、目撃者がいないことです」

亀井が、首をかしげた。

「それは、グリーン車が、すいていたからだろう。ががらなら、気付かれずに、刺せるんじゃないかね。手袋をはめていれば、指紋はつかないよ」

「ええ。そうですが——」

「まだ、不満かね?」

「刺した時間も、不審なんですよ」

と、亀井が、いう。

「時間というと?」

「被害者は、宇都宮から乗ってきましたから、もちろん、そのあとでなければ、刺せませんが。だから、宇都宮を出てから刺したのはわかるんですが、刺されたあと、次の停車駅まで五、六分かかっています」

「カメさんのいいたいことは、わかるよ。犯人は、逃げることを考えれば、当然、次の停車駅に着く直前、刺すんじゃないかということだろう?」

「そのとおりです。刺しておいて、列車が、駅に着いたら、すぐ逃げる。私が犯人なら、そうします」

「私も、そうするよ」

と、十津川は、いった。

「なぜ、今度の犯人は、そうしなかったんでしょうか?」

「なぜかな。絶対に逃げる自信があったのか、それとも、時間的な余裕がなかったのか」

「余裕といいますと?」

「犯人は、もっと、西那須野に近づいてから、殺したかった。あるいは、その次の黒磯に近づいてからね。しかし、被害者が、気付いて、騒ぎかけたので、刺してしまった。そういうことさ」

と、十津川は、いった。

「なるほど」

「だが、違うかも知れないね」

と、十津川は、慎重に、いった。

日下と清水の二人が、先に、帰ってきた。

「橋口ゆう子ですが、昨日、三月二八日の午前九時に、自宅マンションを出たことが、わかりました」

と、日下が、報告した。

「すると、宇都宮には、一時的に立ち寄っただけなんだな？」

「そうですね。多分、上野から、新幹線で宇都宮へいき、何か、用をすませてから『あいづ』に、乗ったんだと思います。上野に、午前一〇時に着いたとして、新幹線で、宇都宮まで四七分です。何か、用事をすませてからでも、下りの『あいづ』に、乗れます」

「誰と会ったかがわかれば、犯人の目星もつくな」

と、十津川はいい、すぐ、栃木県警の大内警部に、知らせた。

西本たちが、帰ってきたのは、午後になってからである。

栃木県警から依頼された九人の乗客のことを、調べ終わってである。

「九人とも、住所、氏名とも、事実でした」

と、西本は、メモを見ながら、いった。

「本当のことを、話していたということだね」

「そうです。問題は、殺された橋口ゆう子との関係ですが、九人とも、何の接点もありません」

「当人がなくても、家族に、あるかも知れんよ」

「そう思いましたので、家族のことも、調べました。友人関係もです。しかし、橋口ゆう子という名前は、まったく、浮かんできませんでした」

「動機なしか」

「そうです。この九人の中に、橋口ゆう子を殺す動機の持主は、いませんでした。それから、これは、九人が、昨日、どこへ、何しにいくところだったかを、調べたものです」

と、西本はいい、メモを、十津川に、渡した。

5

　十津川は、その九人と、他に、東京以外の乗客七人の名前を、並べて、じっと見すえた。「アキ——」に該当する名前は、ないかと思ったからである。

秋吉実（三五）東京都練馬区石神井《しやくじい》　M鉄鋼業務課係長
　妻の実家が、会津若松にあり、妻子が先に帰っていて、二八日に、本人も、休暇をとって帰る途中。

　この一人だけである。

　西本たちの調べたところでは、平凡なサラリーマンで、殺人とは、無縁な人間に見えるし、橋口ゆう子との間に、接点は、見つからないということだった。

「これは、警部にいわれたとおり、グリーン車ではなく、他の車両に、犯人がいたんだと思いますね」

　と、亀井は「あいづ」の編成図を見ながらいった。

九両編成の「あいづ」は、6号車が、グリーンだから、会津若松方向に向かって、その前方に、三両、後方に、五両の車両が、連結されている。

自由席が三両、指定席が五両である。

ウィークデイで、すいていたといっても、一両に、二十人くらいの乗客は、いたに違いないから、グリーン以外に、百六十人前後の乗客はいたのである。

亀井は、その中に、犯人がいたのではないかという。

「その人間が、グリーン車に入ってきて、橋口ゆう子を刺殺し、また、他の車両に、逃げたということかい？」

と、十津川が、きいた。

「そうです。グリーン車の乗客には、犯人がいないようですから、他の車両にいたと考えるのが、妥当だと思いますね」

「橋口ゆう子というのは、売れっ子のライターだったのかな？」

「いえ。新人でしょう。あまり、名前は、聞いていませんから」

「そんな新人が、普通、取材にいくのに、グリーン車を利用するものだろうか？　自由席だって、すいていたんだし、宇都宮から、猪苗代まで、わずか、二時間なのに」

と、十津川が、首をかしげた。

亀井が「どうなんだ？」と、日下に、きいた。日下が寄ってきて、

「彼女と一緒に仕事をした人間の話では、取材では、いつも、自由席で、旅行していたそうです」

と、いった。

「すると、取材の相手に、グリーン車の切符をもらったかな？」

と、十津川が、いった。

「しかし、警部。取材する相手に、そんなものをもらったら、まずいと思うんじゃありませんかねえ。もし、彼女が取材しようとしていたことが、いろいろと、問題のあることだったとすると、なおさらだと思うんですが」

亀井が、異議を唱えた。

「普通は、そうだがね。彼女が、何を調べようとしていたのか、それがわかれば、グリーン車に乗った理由も、わかってくると思うんだがねえ」

「その点を、もう一度、調べてみてくれ」

と、亀井は、日下と、清水の二人にいった。

二人が、出かけていったあとで、電話が入った。

相手は、栃木県警の大内警部だった。

「宇都宮での橋口ゆう子の行動が、わかりましたよ」

「誰かに、会っていたんですか？」

と、十津川は、いった。もし、その相手がわかれば、解決に近づくと思ったのだ。

「誰かに、会うために、宇都宮にきたことは、間違いありません。ＪＲの駅の前から、タクシーに乗っています。二八日の午前一一時二〇分頃、橋口ゆう子と思われる女性が、タクシーに乗っています。どうやら、一一時〇七分着の東北新幹線の『やまびこ１０５号』に、乗ってきたと、思われます」

「タクシーは、どこへいったんですか？」

「駅から車で七、八分のところにあるＫホテルです」

「そこで、誰かと、会ったんですか？」

「ホテルの話では、彼女は、ロビーに入ってきて、まず、周囲を見回し、それから、腰を下ろして、誰かを、待っているようだったと、いっています。美人なので、フロント係は、よく覚えていたといっています」

「そのあとは？」

「二時間近く、ロビーにいたそうです。その時、フロントに近づいて、自分は、橋口ゆう子だが、何か、メッセージはきていないかと、きいたといっています」

「なるほど」

「フロント係が、きていないというと、そのあとも、しばらく、ロビーにいたが、腕時計を見ながら、出ていったそうです」

「そのあと、宇都宮から、下りの『あいづ』に、乗ったわけですね?」

「そう考えられます。一時間前に、遺体の解剖がすみましたが、胃の中には、ピザの材料と思われるものが、まだ、完全に消化されずに、残っていたということです」

「つまり、Kホテルを出たあと『あいづ』に乗るまでに、ピザを食べたということですか?」

「そう考えて、駅周辺の店を、今、洗っています。Kホテルを出たのが、午後一時三〇分頃で、下りの『あいづ』の宇都宮発が、一五時三五分ですから、その間に、食事をしたんだと思います」

と、大内は、いった。

「Kホテルで、誰と会うことになっていたかがわかれば、いいんですがねえ」

「そうなんです。それで、これからも、そちらの調査に、期待しております」

と、大内は、いった。

確かに、そのとおりだった。問題は、何のために、橋口ゆう子が「あいづ」に乗って、猪苗代へいこうとしていたかということに、なってくるからである。

日下から、興奮した口調で、電話連絡が入ったのは、その二時間ほど、あとだった。

「橋口ゆう子が、何を調べていたか、わかりましたよ」

6
「何を調べていたんだ？」

と、十津川が、きいた。

「片岡友子《かたおかゆうこ》と、建設省事務次官の大田原健一《おおたわらけんいち》とのスキャンダルです」

「女優のか？」

「そうです。女優の背後に、T不動産がついていて、T不動産の社長は、その次官から、いろいろと、情報を得て、大儲《おおもう》けをした。どうやら、贈収賄事件に発展しそうだという話です」

「それを、調べていたということなのかね？」

「そうです」

「猪苗代には、なぜ、いくことにしていたんだろう？」

「それはわかりませんが、猪苗代湖に、片岡友子の別荘があります。T不動産が、建てたものですが」

「なるほどね。この事件について、誰かが、橋口ゆう子に、情報を渡すといったので、彼女は、出かけたということかね？」

「そうなると、思います」

「では、片岡友子と、T不動産の社長、何といったかな？」

「徳田誠一郎《とくだせいいちろう》です」

「その二人が、今、どこにいるか、また、二八日に、どこでどうしていたか、わかっているのかね？」

「それは、まだです。これから、調べてみます」

と、日下は、いった。

「頼むよ」

と、十津川は、励ましてから、すぐ、大内警部に、連絡をとった。

大内も、興奮した口調になって、

「猪苗代湖に、片岡友子の別荘があるかどうか、調べてみます」

と、いった。

「宇都宮のホテルで、会うことになっていたのも、その関係者の一人だと思いますね」

「同感です」

と、大内は、いった。

少し、事件の核心に近づいたなと思った。

そうなると、十津川は、妻の直子のことが、心配になってきて、退庁後に、猪苗代湖のペンションに、電話をかけた。

「何の用なの？」

と、直子は、十津川に、きいた。

「どうしているかと思ってね」

十津川は、当たり障《さわ》りのないいい方をした。

「元気でいるわ。今日も、猪苗代湖のまわりを歩いてきたの。ところどころに、雪が残っているけど、もう、春の息吹《いぶ》きが感じられて楽しかったわ」

直子は、元気な声を出した。そのことに、十津川は、ほっとしながら、

「東北の春を、楽しみたまえ」

と、いった。事件のことを忘れてと、暗に、いいたかったのだ。

「楽しんでるわ。今日、湖畔を歩いていたら、素敵な別荘があったの。お城みたいな感じだったわ。小さなお城。プチシャトーね。誰の別荘かと思ったら、女優の片岡友子の別荘なのよ」

「――」

十津川は、やれやれと、思った。

直子が、事件に首を突っ込むと困るなと思っているのに、どうしても、関係してくるようになってしまうのだろうか。

「あなた。聞いてらっしゃるの？」

と、直子の声がする。

「ああ、聞いてるよ」

「片岡友子って、知ってるでしょう？　美人女優の」

「知ってるよ。会ったことはないがね」

「何いってらっしゃるの？　私だって、女優さんに会ったことなんかないわよ」

と、直子は、電話の向こうで、笑った。

「それで、その別荘で、誰かに会ったのかね？」

十津川の方から、今度は、質問した。

「誰かいたら、いろいろと、話を聞こうと思ったんだけど、誰もいなかったみたい。インターホンを鳴らしてみたけど、応答がなかったから」

と、直子は、いう。

「もう、その小さなお城には、近づかない方がいいね」

「なぜ？」

「例の事件だがね」

「ええ。『あいづ』の車内で殺された事件ね。あれと、関係があるの？」

もう、直子の声が、弾《はず》んでしまっている。十津川は、困ったものだと思いながら、

「殺された女性は、どうやら、猪苗代湖で、片岡友子に会いにいく予定だったらしいからだよ」

「本当なの？」

「県警が、その別荘を調べるはずだ。だから、君は、近づかない方がいい」

「でも、見にいくだけなら、構わないでしょう？」

「県警の捜査の邪魔はしないでくれよ」

「大丈夫。私だって、刑事の奥さんだから、ちゃんと、心得てるわ」

と、直子は、いった。

（本当に、心得てくれているといいんだが）

と、十津川は、内心、心配だったが、

「わかった。気をつけてね」

とだけ、いって、電話を切った。

十津川は、自宅マンションに帰ったのだが、深夜になって、亀井から、電話が入った。

「片岡友子が、行方不明です」

と、亀井が、いった。

「どういうことなんだ？」

と、十津川は、きいた。

「日下君たちが、関係者のアリバイを調べにいったんですが、その時、片岡友子については、居所が不明で、マネージャーに、会ったんです。そのマネージャーから、さっき、電話がありまして、彼女を探しているんだが、見つからない。何かあったかもしれないので、心配だというんです」

「マネージャーは、今、どこにいるんだ？」

「警視庁にきています。電話してきたので、くわしいことを聞くために、きてもらったんです」

「私も、すぐいくよ」

と、十津川は、いった。

十津川は、直子のミニクーパーSに乗り、警視庁まで、走らせた。

ひっそりと静まり返った捜査一課の部屋に、若いマネージャーが、不安げな顔で、亀井と、十津川を待っていた。

名前は、井上《いのうえ》といい、二年前に大学を出て、プロダクションに入り、去年の一〇月から、片岡友子のマネージャーになったという。

「昨日から、所在が、つかめないそうです」

と、亀井が、いった。

「猪苗代湖に、別荘がありますね。あそこに、いってないんですか？」

十津川は、井上を見て、きいた。

「一応電話してみましたが、誰も、出ません。それに、まだ、寒いですから、彼女は、猪苗代湖には、いかないと思います。あの別荘は、夏に水上スキーを楽しむためにいくと、いっていましたから」

と、井上は、いう。

「三月二八日は、どこにいましたか？」

「久しぶりの休みをとって、一人で、過ごしていましたが」

「一人でというと、あなたとも別にですか？」

「ええ」

「すると、二八日から、ずっと、行方不明なんじゃありませんか？」

「それは、違います。二八日の夕方、電話があって、明日は、午前八時のNテレビの仕事があるから、テレビ局の前で、落ち合いましょうと、いっていたんです」

「しかし、午前八時には、Nテレビに、こなかったんですね？」

「ええ。そうなんです」

「二八日は、どこにいたか、わかりますか？」

「彼女は、たまに、休みがとれると、一日、自宅で、ぼんやりして過ごすと、いっていましたから、二八日も、そうしていると、思っていたんです」

「しかし、二九日、自宅には、いなかった？」

「そうです。原宿のマンションには、いませんでした」

「テレビ局の前で、会うというのは、おかしいんじゃありませんか？」

と、十津川は、いった。

「そうなんです。普通は、朝、僕が、迎えにいくんですが、昨日の朝は、何か、わけがあるのだろうと思ったんです」

「なるほどね。彼女と、T不動産の徳田社長との関係は、もちろん、知っていますね？」

「ええ。週刊誌に、取り上げられたりしていますからね。しかし、警部さん。友子は、別れる気になっていたんです」

　と、井上は、いった。

「あなたにも、そう、いったんですか？」

「ええ。いっていました」

「橋口ゆう子という女性を知っていますか？」

「橋口？　列車の中で殺された人じゃありませんか？」

「そうです。ルポライターでね、徳田社長のことや、片岡友子さんのことを、調べていたと思われるんですよ。どうですか？　彼女のことを、片岡友子さんから、何か、聞いていませんか？」

「そういえば――」

「何です？」

「二五日だったと思いますが、Sテレビで、仕事があった時、二六、七歳の女性が、友子に会いにきました。彼女が、確か、橋口とか、いってましたが」

「片岡友子さんは、その時、会ったんですか？」

「ええ。テレビ局の喫茶室で」

「どんな話をしたか、覚えていますか？」

「それが、友子が、二人だけにして欲しいというもので」

「会う約束がしてあったんですかね？」

「わかりません。友子は、あまり、雑誌記者やカメラマンに会うのは、好きじゃないんですがね」

と、井上は、いった。

「最近、徳田社長に会ったことがありますか？」

「いえ、最近は、会っていませんが——」

と、井上は、首を横に振った。

「片岡友子さんが、原宿のマンションにいないことは、間違いないんですね？」

「ええ。キーを預かっているんで、念のために、中に入ってみましたが、誰もいませんでした」

「明日、猪苗代湖へ、私と一緒に、いってくれませんか？」

と、十津川が、いうと、井上は、びっくりした顔になって、

「しかし、彼女が、あの別荘へいってるはずはありませんが」

「とにかく、一緒に、いって下さい」

と、十津川は、いった。

7

翌三一日の朝、十津川と、亀井は、井上マネージャーを連れ、上野から、東北新幹線に乗り、猪苗代に向かった。

郡山で乗りかえ、猪苗代に着いたのは午前九時半過ぎである。

駅には、福島県警の田宮《たみや》という警部と、栃木県警の大内警部が、迎えにきていた。

十津川は、二人に、井上マネージャーを、紹介してから、

「別荘は、どうなっています？」

と、きいた。

「令状がとれたので、これから、中を調べてみようと思っているところです」

と、福島県警の田宮が、いった。

十津川たちは、二台のパトカーに分乗して、猪苗代湖に向かった。

直子のいったとおり、湖の周囲には、ところどころ、雪が、残っている。

パトカーは、湖岸を走る国道49号線を、会津若松に向かって走り、翁島《おきなじま》の見えるあたりで、とまった。

なるほど、小さなお城のような、洒落《しやれ》た別荘の前だった。

玄関の鍵をこわし、福島県警の田宮を先頭に、家の中に入った。

若い刑事の一人が、部屋の明かりをつけた。

一階の居間は、ひんやりと、寒かった。灯油ストーブが、二つ置かれていたが、二つとも、消えている。

三十畳近い部屋の隅に、ナイトガウン姿の若い女が、倒れていた。

「片岡さん！」

と、井上が叫んで、駆け寄る。

それを、田宮が制し、屈《かが》み込んで、脈を調べていたが、

「死んでいますね」

と、十津川たちに、いった。

た。

「首を絞められていますね」

と、いったのは、大内だった。

田宮が、室内の電話で、鑑識を、呼んでいる。

十津川は、邪魔になっては悪いと考え、亀井と、しばらく、外に出ていることにした。

二人は、春の陽光の中で、湖畔を、歩いた。

「やはり、橋口ゆう子は、ここで、片岡友子に、会うことにしていたんですかね？」

と、亀井が、歩きながら、きいた。

「そうだろうね。少なくとも、橋口ゆう子は、そのつもりで、二八日、宇都宮から『あいづ』に、乗ったんだろう」

「だが、車内で、何者かに、殺されてしまった。彼女を、片岡友子に会わせたくない人間が、殺したんだと思いますが」

「整理してみよう」

と、十津川は、いった。

二人は、立ち止まり、十津川は、煙草《たばこ》に火をつけた。

「橋口ゆう子は、T不動産と建設省との間の贈収賄事件を、調べていた。そのカギを握る人間として、片岡友子に、会った。二五日だ」

と、十津川は、いった。

「そこで、何か、約束が、出来たんでしょうか？」

「マネージャーの言葉によると、片岡友子は、T不動産の徳田社長から、離れたがっていたというから、それを、橋口ゆう子の力を借りて、やろうとしたのかも知れない。二八日は、休みがとれるから、猪苗代湖の別荘にきてくれ。その時に、何もかも話すと約束した」

「片岡友子は、別荘にいって、橋口ゆう子を、待っていたわけですか？」

「そうだろうね」

「すると『あいづ』のグリーン車の切符を送ったのも、片岡友子ということになってきますね」

「そうだな。それを知って、贈収賄の関係者が、橋口ゆう子を殺し、片岡友子も、消したというのが、今度の事件だろうね」

「関係者というと、建設省の次官と、T不動産の徳田社長ということですね」

「二人のアリバイを、日下刑事たちが、調べているんだろう？」

「そうです。それで、犯人が、わかります」

と、亀井は、いった。が、すぐ、首を振って、

「しかし、一つだけ、わからないことがあります」

「何だい？」

「橋口ゆう子が、宇都宮のKホテルで、誰に会うつもりだったかということです」

「そのことか」

十津川も、考え込んでしまった。

「片岡友子が、猪苗代湖の別荘で、待っているのだとすれば、橋口ゆう子は、別に、宇都宮で、降りる必要は、ないわけです」

「犯人かな？」

と、十津川は、呟いた。

「しかし、橋口ゆう子は『あいづ』の車内で、殺されたんですが」

「そこが、はっきりしないねえ。犯人は、宇都宮で、殺そうとしたが、何かの理由で、いくことが出来ず、やむを得ず『あいづ』の車内で、殺したのかな」

と、十津川は、いった。

だが、何となく、しっくりこない感じがする。

二人は、うまく、推理できないままに、別荘に戻ることにした。

8

別荘の近くまで戻った時、亀井が、急に「あれ？」と、声をあげた。

「警部の奥さんがいますよ」

なるほど、別荘の傍に、妻の直子が、友人と二人で、こっちを見ている。十津川は、照れ臭くて、

「家内の友だちが、この近くに、ペンションを建てていて、遊びにきているんだよ」

「それで『あいづ』の車内で、事件にぶつかられたわけですか？」

「そんなところだ。とにかく、中に入ろう」

十津川は、亀井にいい、そそくさと、別荘の中に入った。

鑑識は、すでに引き上げ、死体が、これから担架にのせられて、運び出されるところだった。

「死因は、やはり、首を絞められたことでの窒息死です」

と、福島県警の田宮警部が、十津川に、いった。

「時間は、まだ、わかりませんか？」

「二八日の夜だろうと、検死官は、いっています」

「橋口ゆう子が殺されたのと同じ日ですか？」

「そうです。同じ犯人だとすると『あいづ』の車内で、まず、橋口ゆう子を殺し、続けて、この別荘にやってきて、片岡友子を殺したようですね」

と、栃木県警の大内警部も、いった。

「一日に二人ですか」

亀井が、ぶぜんとした顔で、呟いた。

「犯人にしてみれば、危機感を持ったんだろう」

と、十津川は、いった。

「しかし、犯人逮捕は、近いと思いますよ。東京で調べて下さったおかげで、T不動産の徳田社長と、建設省の次官、名前は、大田原健一のどちらかが、犯人だろうと思っています。あるいは、二人が、共犯か」

大内が、楽観的に、いう。

「今、私の部下が、二人のアリバイを調べています」

と、十津川は、いった。ただ、十津川は、大内ほど、楽観的には、なれなかった。

徳田にしろ、大田原にしろ、中年の分別盛りだし、頭だって、悪くはないだろう。

そんな人間が、すぐ、足がつくようなことを、するだろうかという不安が、あるからだった。

それに、容疑者が、はっきりしているのはいいが、もし、この二人のアリバイが成立してしまうと、あとは、大変だろうとも、思う。

十津川と、亀井は、その日は、別荘近くの旅館に泊まることにした。

午後になって、待っていた日下たちからの電話が入った。

「建設省の次官は、アリバイが成立しました。二八日は、建設省の次官室で、何人かの来客と、会っていますし、午後八時頃まで、省内で仕事をしていたことが、確認されました」

と、日下は、いった。

「徳田の方は、どうだ？」

「彼は、仕事で、二七日から秋田へ出かけていて、二九日の夕方、帰ってきたと、いっています」

「秋田だって？」

「はい。秋田では、市内の旭ホテルに泊まり、二八日の昼すぎに、チェックアウトして、福島にいき、二八日は、福島の吉田旅館に、泊まったと、いっています」

「確認したのかね？」

「一応、二つのホテルと旅館に、電話しました。秋田の旭ホテルでは、間違いなく、二七日の午後三時に、チェックインし、翌二八日の昼の一二時三〇分に、チェックアウトしたそうです」

「しかし、その間に、外出したかどうかは、わからんのだろう？」

「そうですが、二八日の朝八時に、ルームサービスで、朝食をとっています。サービス係は、徳田が、部屋にいたことは、確認しています」

「すると『あいづ』の車内で、橋口ゆう子は、殺せないね？」

「殺せません」

「福島の方は、どうなんだ？　間違いなく、徳田は、福島にいってるのか？」

「市内の吉田旅館に問い合わせました。二八日の夜、間違いなく、泊まっていますね」

「夜？　何時頃だ？」

「午後八時頃だそうです。そして、翌二九日に、東北新幹線で、帰京しています。吉田旅館でも、二九日の午後、出発したことを、証明してくれました」

「秋田は、仕事か？」

「そうです。材木を見にいったといっています」

「しかし、彼は、不動産屋で、建設業者じゃないんだろう?」

「なんでも、今度、伊豆に別荘を建てるので、自分で材木を見にいったんだと、いっています。向こうで会った業者の名前をいっているので、今、秋田県警に、問い合わせているところです」

「福島には、何の用があったんだ?」

「こちらは、観光だそうです。自分で、そういっています」

と、日下は、いった。

「また、何かわかったら、すぐ、連絡してくれ」

と、十津川は、いって、電話を切ると、会津若松署に置かれた捜査本部に、連絡した。

田宮警部は、礼をいってから、

「夕食後、例の別荘へいきますので、十津川さんたちも、おいで下さい」

と、いった。

9

十津川は、亀井を誘って、近くの喫茶店にいき、コーヒーを飲んだ。一日に一度は、コーヒーを飲みたくなる。

窓際のテーブルに腰を下ろすと、猪苗代湖の湖面が、かすんで見えた。

「私は、どうも、気になるんだがねえ」

と、十津川が、コーヒーを楽しみながらいうと、亀井が、すかさず、

「秋田でしょう?」

「ああ、橋口ゆう子のダイイングメッセージは『アキ――』だ。ところが、二人の容疑者の名前は、徳田と、大田原で、アキはつかない。ただ、徳田は、前日から、秋田にいっていたという。アキ――に該当するのは、この地名だけだからね」

「橋口ゆう子は、徳田が、秋田にいっているのを知っていたんじゃないかな」

と、十津川は、いった。

「あり得ますね。徳田が秋田へいっている間に、猪苗代湖で、片岡友子に会おうとしたのかも知れません」

「うん」

「ところが、秋田にいると思っていた徳田が、同じ『あいづ』の車内にいた。だから、彼女は、死ぬ直前『アキタ――』といおうとした。どうですか？」

「それなんだがねえ」

十津川は、腕を組んで、考え込んだ。

「しかし、徳田は、昼の一二時過ぎに、秋田のホテルを出ているとすると、絶対に『あいづ』には、乗れませんね」

と、亀井が、いう。

「それもあるが、もし、徳田が、乗っていて、橋口ゆう子を刺したのだとしたら、彼女は『トクダ――』というのが、普通じゃないかね？　なぜ『アキ――』と、いったのだろう？」

「やはり、地名の秋田のことじゃないんでしょうか？」

「わからないな。しっくりしないが、今のところ、秋田しかないからねえ」

と、十津川は、いった。

手掛かりが見えたと思ったのだが、それが、果して、手掛かりかどうか、わからなくなってしまった感じである。

午後六時に、もう一度、片岡友子の別荘で、会合がもたれた時、十津川は、秋田を問題にしたが、福島県警の田宮も、栃木県警の大内も、首をひねってしまった。

田宮は、東北の地図をテーブルに広げて、

「秋田から、宇都宮まで、五百キロ近くありますよ。その秋田に、一二時までいたのなら、とても、宇都宮発一五時三五分の『あいづ』には、乗れませんね」

と、いった。

それなら、橋口ゆう子のダイイングメッセージは、何の意味だったのだろうか？

「片岡友子の解剖結果を、申し上げます」

と、田宮は、地図から顔をあげて、十津川たちに、いった。

首を絞められたことは、すでに、わかっていたが、問題の死亡推定時刻は、二八日の午後六時から、八時の間だという。

室内にあった指紋は、被害者の片岡友子のもの以外にも、いくつか検出されたということだった。

ただ、その中に、徳田の指紋があっても、彼が、犯人だという証拠には、ならないだろう。

徳田は、彼女のパトロンで、何回か、きているはずだからである。

「ナイトガウンを着ていたことから考えて、彼女が、誰か、それも親しい人間に、会う気でいたことは、確かだと思います。また、単なる物盗《ものと》りの犯行なら、鍵をかけて逃げないでしょう」

と、田宮は、自分の考えを、いった。

居間の隅には、ホームバーが設けられているのだが、グラスなどは、すべて、しまわれたままだった。

しかし、田宮は、それが、使われなかったのではなく、使ったあと、犯人が、片付けてしまったのだろうと、いった。

「そう考えた方が、自然だからです。というのは、彼女の胃の中に、アルコール分が、残っていたからです」

と、田宮は、いった。

「すると、やはり、一番、考えられるのは、徳田ですかね」

大内が、考えながら、いった。

「しかし、橋口ゆう子を殺した犯人と、片岡友子を殺した犯人は、同一犯だと思いますよ」

と、田宮が、いった。

「となると、徳田は、橋口ゆう子殺しについて、確実なアリバイがあるから、片岡友子も、殺してないことに、なってしまいますよ」

と、大内が、いう。

田宮が、十津川を見た。

「徳田のアリバイは、間違いないんですか？」

「われわれが、調べた限りでは、今、報告したとおりです。徳田が、二八日の昼の一二時すぎまで、秋田のホテルにいたことは、間違いないと思います」

と、十津川は、いった。

「すると、徳田は、シロになってしまいますね」

と、大内が、いい、田宮は、難しい顔で、

「徳田と、大田原の他に、橋口ゆう子と、片岡友子の二人を殺す動機の持主は、いるんでしょうか？」

と、十津川に、きいた。

「個人的に、橋口ゆう子を憎んでいる人間を、見つけることは出来ると思います。しかし、彼女は、徳田と大田原の間の贈収賄を、調べていたので、そのことで殺されたのだとすると、この二人以外に、犯人がいるとは、ちょっと、考えにくいんですがね」

「大田原の方は、間違いなく、二八日に、役所に、いたんですか？」

と、きいたのは、田宮だった。

「これも、間違いないと思います。何人かが、建設省の中で、彼に会っていますから」

「じゃあ、犯人は、あの列車に乗っていなかったのに、橋口ゆう子は、殺されてしまったことになるんですか？」

そんなはずはないという顔で、大内が、いった。

10

翌四月一日になって、意外な事実が、ＪＲから、報告された。

問題のグリーン車の９Ｄの座席の裏側に、何かを取りつけた痕跡が、みつかったというのである。

グリーン車の９Ｄは、橋口ゆう子の座席だった。

十津川たちは、すぐ、郡山駅に停車している「あいづ」を、みにいった。

車掌長が、グリーン車に入り、9Dの座席を持ち上げて、裏側を見せてくれた。

なるほど、べったりと、ガムテープを貼りつけた痕が、合計、八カ所、ついている。

「かなり大きなものを、ガムテープで、しっかりと、取りつけたと思われます」

と、車掌長は、いった。

車内の清掃をしても、座席の一つ一つを、引っ繰り返して見ることはしないので、今日まで、発見が、おくれたのだという。

十津川や、田宮、それに、大内たちは、その座席が、9Dであることに、こだわった。

三人が考えたことは、ほぼ、同じだった。

三月二八日に、この座席の下に、ナイフが、発射されるような装置が、取りつけられていたらということである。

もし、座席を持ち上げると、ナイフが、飛び出すようになっていて、9Dに座った橋口ゆう子が、何かの理由で、自分の座席を持ち上げ、裏側を、のぞき込んだら、どうなるのだろうか？

ナイフは、飛び出して、橋口ゆう子の胸に、突き刺さるのではないか？

ナイフは、二八日に、仕掛けられたと見るべきだろう。

二七日の「あいづ」に、仕掛けると、その日、9Dに座った乗客が、何かの拍子に、座席の下に手をやったりして、気付くか、ナイフが飛び出して、その人間を、襲いかねないからである。

下りの「あいづ」は、一四時一五分に、上野を発車する。

JRの話では、その四五分前に、列車は9番線に入っているという。清掃などの時間はあるが、一〇分前には、乗客は、乗れるはずである。

その間に、犯人は、9Dの座席の下に、ガムテープで、ナイフが飛び出す装置を、取りつけることも、出来るだろう。

橋口ゆう子は、宇都宮から、乗ってきた。とすると、犯人は、上野から宇都宮までの間に、仕掛けたことになる。

上野発一四時一五分で、宇都宮着は、一五時三一分である。

上野駅では、入線から発車までの間には時間があるから、一四時五分からと考えればいい。

「駄目だな」

と、十津川は、呟いた。

この時間帯まで広げても、徳田も、大田原も、アリバイが、成立してしまうのだ。

建設省次官の大田原は、この時間帯には、まだ、役所にいたし、徳田は、一二時すぎに、秋田のホテルを、出ている。一五時三一分までに、宇都宮には、いけないだろう。

また、壁にぶつかってしまった感じだった。

猪苗代湖の旅館に、妻の直子から、電話があったのは、その日の夜だった。

「テレビで、見たわ」

と、直子が、いった。

「特急『あいづ』の座席のことかね？」

「ええ。あんなことが出来るの？」

「可能らしい。強いバネさえ用意できればね。それで、最近、そうした材料を買っていた人間を探すことになるんだが、これが、大変でね」

「私が聞いたダイイングメッセージは、どうなったの？」

と、直子が、きいた。

「それが、ぴったりしないんだよ。今度の事件で、君の聞いた『アキ――』に該当するのは、徳田が秋田にいたということだけなんだ。ところが、徳田には、アリバイがある」

「座席の下に、バネ仕掛けで飛び出すナイフを仕掛ける方法なら『あいづ』に、乗っていなくてもいいんでしょう？」

「しかしねえ。座席の下に取りつけるには、一度は『あいづ』に、乗らなければいけないんだ。それも、宇都宮に、列車が着くまでにね」

「建設省の次官も、アリバイがあるのね？」

「完全なアリバイがね。大田原が、仕掛けられるチャンスは『あいづ』が、上野駅に停車している間なんだが、この時間帯は、彼は、次官室で、来訪者に会っていることが、確認されたんだ」

「人に頼んで、取りつける方法は？」

と、直子が、きく。

十津川は、苦笑して、

「殺人なんだよ。もし、他人に頼んだのなら、列車の座席の下に、仕掛けることなんかじゃなく、直接、橋口ゆう子を殺してくれと頼むよ。間違えて、他の座席に仕掛けてしまったら、大変だからね」

「じゃあ、片岡友子は？」

「彼女は、被害者だよ」

「私は、そんなに単純じゃないと思うのよ」

「彼女も、事件に一役買っているというのかね？」

「そうよ。彼女は、徳田なり、大田原の共犯だと思うの。橋口ゆう子だって、片岡友子の話だから、信用して『あいづ』に乗ったんだと思うな。切符を送ったのは、間違いなく、片岡友子よ」

と、直子は、いった。

「座席に、仕掛けたのも、片岡友子だと思うのかね？」

「もちろんよ。橋口ゆう子が、なぜ、宇都宮で降りたかを考えれば、一番よくわかるんじゃないの」

「あれも、片岡友子が、そうさせたと思うのかね？」

「考えてもみてよ。もし、橋口ゆう子が、上野から『あいづ』に乗ってしまったら、座席の下には、仕掛けられなくなってしまうわ。どうしても、途中から、乗ってほしいのよ。だから、片岡友子は、橋口ゆう子に、こういったと思うの。二八日の午前一一時か、一二時に、宇都宮のKホテルのロビーで会いたい。そこで、すべてを話すわってね。もし、何か理由があって、いけなくなったら『あいづ』で、猪苗代湖の別荘にきてくれと。橋口ゆう子にしてみれば、特ダネが取れるかどうかの瀬戸際だから、嫌だというはずはないわ」

「それで、宇都宮のKホテルのロビーで、じっと誰かを待っていたわけか」

「そうよ。その間に、片岡友子は『あいづ』に乗り、グリーン車の9Dの座席の下に、仕掛けをしたんだわ。もちろん、友子は、そのまま、猪苗代まで、乗っていったとは、思わない。列車の中で、見つかってしまう恐れがあるもの。だから、上野駅に停車中に、仕掛けたか、上野から大宮までの間に仕掛けて、降りてしまったと思うの。そして、東北新幹線で、早く、猪苗代にきていたに違いないわ」

「橋口ゆう子が、座席の下を見たのは、偶然だったとは、思えないがねえ」

「当たり前よ。それも、片岡友子が、彼女に『あいづ』の座席の下に、今度の贈収賄事件を明らかにするような書類なり、テープを、ガムテープで、貼りつけておくから、乗ったら、すぐ、取り出して見てと、いっておいたに違いないわ。それで、橋口ゆう子は、宇都宮で乗ってから、9Dに座り、座席の下を探ると、何かが、取りつけてある。でも、ガムテープで、しっかりつけてあるので、手で引っぱったくらいでは、取り出せない。そこで、座席を起こして、取ろうとしたんだと思うわ」

「それで、ナイフが飛び出して、彼女の胸を刺したか」

「バネを強くすれば、可能だわ」

「しかし、そのあと、あの座席の下に、痕跡は残っていたが、肝心の装置は、取り外されていたんだよ。誰が、外したのかね？」

「それは、多分、徳田だと思うわ。彼は、二八日に、福島までできたといっているんでしょう？　福島なら、郡山のすぐ傍だわ。『あいづ』に乗れるチャンスは、あったと思うのよ」

と、直子は、いった。

確かに、彼女のいうことにも、一理あると思った。徳田と、大田原のアリバイだけを調べていたが、殺された片岡友子のアリバイも問題にした方がいいかも知れない。

十津川は、そのことを、福島県警の田宮に話しておいて、亀井と、東京に帰ることにした。

大内も一緒に、東京へということになった。帰京している徳田を、訊問するためだった。

四月二日に、十津川たちは、東京に着き、大内警部と、三人で、すぐ、新宿西口に本社のあるT不動産を、訪ねた。

十津川が、徳田に会うのは、初めてだった。

先入観で、何となく、でっぷり太った、恰幅《かっぷく》のいい男を想像していたのだが、痩せた、背の高い男だった。眼鏡をかけているので、やさしく見えたが、それが、曲者《くせもの》なのかも知れなかった。

「そろそろ、いらっしゃると思っていましたよ」

と、徳田は、三人に向かって、笑顔で、いった。

大内は、厳しい表情で、

「特急『あいづ』の車内で、橋口ゆう子が殺され、同じ二八日に、片岡友子が、猪苗代湖の別荘で、殺されています。もちろん、ご存じと思いますが」

と、いった。

「知っていますよ。ただ、いずれも、東京に帰ってから、知ったんですがね」

「あなたのことは、調べさせてもらいました。二八日の正午すぎに、秋田のホテルをチェックアウトしたことは、わかりました」

「そのとおりです。だから、二つの事件とは無関係ですよ」

と、徳田は、いう。

十津川は、口を挟んで、

「しかし、片岡友子殺しに無関係とは、いい切れないんじゃありませんか？」

「なぜです？　私は、二八日は、秋田から、福島へいっているんですよ。『あいづ』

にも乗っていないし、猪苗代湖へもいっていませんよ」

「だが、福島の旅館には、夜の八時に入っている。猪苗代湖の別荘で、片岡友子が殺されたのが、二八日の午後六時から八時の間です。六時すぎに殺し、車を飛ばせば、午後八時に、福島に着けるんじゃありませんかね」

「車を飛ばせばねえ。しかし、刑事さん。警察は、同じ犯人が、橋口ゆう子を殺し、片岡友子を殺したとみているんじゃないんですか？」

と、徳田は、きき返した。

「そうだったら、何をいいたいんですか？」

「つまり、私には、橋口ゆう子を殺せない。『あいづ』のグリーン席に、仕掛けられない。これは、はっきりしているわけでしょう。そうなると、私は、片岡友子も、殺してないということになるんじゃありませんか」

徳田は、開き直った感じで、十津川を見、大内を見た。

「橋口ゆう子と会ったことは、あるんですか？」

と、亀井が、きいた。

徳田は、肩をすくめて、

「知らないといいたいところですが、二度ばかり会っていますよ。会っているというより、取材だといって、強引に、会いにきたといった方が、いいでしょう。仕方なく会って話をしただけですよ」

「片岡友子との関係は、本当なんですか？」

「週刊誌に書かれたことですか？」

と、徳田は、笑って、

「私は、昔から、書かれやすいというのか、いろいろと、あることないこと、書かれましたよ。女のことでも、金のことでもね。ほとんど、でたらめですがね」

「片岡友子とのことは、どうなんです？」

「私は、彼女のファンでしてね。年甲斐《としがい》もなく、応援したこともあるし、猪苗代湖の別荘については、紹介もしました。しかし、それだけのことですよ。男と女の関係はありませんでしたよ。私にも、妻子がありますからねえ」

と、徳田は、いった。

11

その日の夜、猪苗代湖に残っている直子から、十津川に電話が、かかった。

「ごめんなさい」

　と、直子は、いきなり、いった。

「何のことだい？」

「今度の事件のことよ。私が、間違っていたわ」

「どこが、間違っていたんだ？」

「片岡友子のことなの。二八日に、彼女が『あいづ』に乗り込んで、９Ｄの座席の下に、飛び出すナイフを仕掛けたんじゃないかって、いったでしょう？」

「ああ。他の二人には、不可能だからね」

「それが、駄目なのよ」

「駄目って、どういうことなんだ？」

　と、十津川は、きいた。

「お友だちと二人で、猪苗代湖での彼女のことを、調べてみたの。そしたら、片岡友子は、二七日の午後、別荘にきてることがわかったんだけど、二八日の朝、彼女が、湖岸を散歩しているのを見た人がいたの。午前八時頃だと、いっていたわ」

「それ、間違いないのかね？」

　と、十津川は、念を押した。

「間違いないのよ。見た人は、駐在のお巡りさんだから、嘘《うそ》をつくはずはないわ」

「しかし、二八日の午前八時に、猪苗代湖にいたとしても、そのあと『あいづ』に乗るために、出かけたということは、考えられるんじゃないかね。『あいづ』の上野発は、一四時一五分で、六時間もある。間に合うよ」

「午前八時だったらね」

「他の時間にも、目撃者がいるのか?」

「そうなの。湖畔に、野口記念館と、会津民俗館なんかがあるんだけど、その傍に、清作茶屋という民家風の店があって、山菜料理とか、おでんを食べさせてくれるのよ。私も、お友だちと、二、三回いったんだけど、ここの従業員が、二八日のお昼に、片岡友子が、食べにきたと、証言してるの」

「二八日というのは、間違いないんだろうね?」

「サインをしてもらってるの、色紙にね。それも見せてもらったわ。三月二八日と書いてあるし、間違いないわ」

「なるほどね」

「それで――」

「まだあるのか?」

「午後三時頃、別荘近くの酒屋さんが、あの別荘に、缶ビールを一ダース届けているのよ。運んだ店員さんが、本物の片岡友子が出てきたんで、あわてて、店に引き返し、ノートを持ってきて、サインしてもらったと、いってるのよ。つまり、午前八時、正午、それに、午後三時の三回も、見られているの。これじゃあ、二八日は、ずっと、猪苗代にいたと見ていいと思うの」

と、直子は、いう。

「すると、彼女が『あいづ』のグリーン席に、ナイフを仕掛けることは、出来なかったということになるんだな?」

「そうなの。ごめんなさい」

と、直子は、また、いった。

「参ったよ」

十津川は、正直に、いった。

「前日の二七日に、仕掛けるというのは、駄目なの？　二七日の片岡友子なら、出来たと思うけど」

と、直子が、いった。

「駄目だよ。前日では、問題の9Dに、誰が座るかわからないし、機関区に帰ったあと、発見されるおそれがあるから、犯人が、怖がって、やらないだろう」

と、十津川は、いった。

「じゃあ、駄目？」

「駄目だ」

と、十津川は、いった。

片岡友子のアリバイについては、翌日、同じことが、福島県警の田宮警部からも、報告されてきた。

東京にきている大内も、それを聞いて、落胆の表情を作った。

「これでは、犯人がいなくなってしまいますねえ」

と、大内は、いった。

「しかし、橋口ゆう子を、宇都宮にいかせたのは、片岡友子だと思いますよ」

十津川は、自信を持って、いった。

「そうでしょうか？」

「今度の事件は、多分、徳田と大田原が、相談して、うるさくなった橋口ゆう子を封じようと、考えたことが、出発だと思います。主役は、徳田でしょう」

と、十津川は、考えながら、自分の推理を、大内に、話した。

「それで、どんな計画だったわけですか？」

と、大内が、きく。

「徳田は、片岡友子に、頼んだんです。女優だから、芝居は上手いでしょうし、橋口ゆう子も、彼女が贈収賄事件のカギを握っていると思っていたでしょうから、彼女が、話したいことがあるといえば、飛びついてくる。徳田は、そう、読んでいたと思いますね。二八日は、片岡友子が、休みをとれる。それを、起点にして、計画を立てたと思うのです。二八日に、猪苗代湖の別荘に、きてくれと、いわせる。いや、まず、その前に、宇都宮のKホテルのロビーで、一一時から一二時の間に、会いたいと、告げる。もちろん、その時間、橋口ゆう子を、そこに、釘づけにしておいて、その間に『あいづ』の9Dの席に、仕掛けておくためです。それでもう一つ、もし、Kホテルで会えない時は『あいづ』に乗って、猪苗代湖の別荘にきてくれといっておき、宇都宮から、この列車に乗ってくれと、切符を送っておく。この二つの目的のためです。徳田がいえば、橋口ゆう子は、断ったかも知れないが、徳田から離れたがっている片岡友子のいうことなので、信用したんだと、思いますよ」

十津川は、語調を強めて、いった。ここまでは、正しいのだという自信があった。

だが、この先が、なぜ、間違ってしまったのだろうか？　そこが、十津川には、わからなかった。

「もう一つ、橋口ゆう子のダイイングメッセージがありますね」

と、亀井が、いった。

「それが、どうしても、引っかかってくるんだよ」

「アキ――がつく人間が、別にいて、その人間が犯人だということは、ありませんか?」

と、大内が、きいた。

「徳田、大田原、片岡友子以外の人間ということですか?」

十津川が、大内を見る。

「ええ。まったくの第三者ではなく、徳田の片腕となっている人間といったことです。それなら、徳田のために、橋口ゆう子を殺す可能性があるし、彼女の方でも、相手の名前を、知っていただろうと思いますがねえ。片岡友子のマネージャーでもいいし、大田原次官の兄弟かも知れません」

と、大内は、いった。

「調べてみましょう」

と、十津川は、約束した。

十津川は、西本刑事たちに、三人の友人、知人、兄弟を、徹底的に、調べるように、いった。その中に「アキ——」に当たる名前の人間が、いないかどうかである。

徳田には、信頼している部下がいた。この男も、贈収賄事件に関係しているとみていいのだが、名前は、星野明だった。

片岡友子のマネージャーは、前にも調べたが、名前は「アキ——」ではない。

大田原の周囲の人間も、すべて、洗い出してみた。

秋野《あきの》という男が一人いた。大田原と大学の同窓で、現在も親しくしている人間である。M銀行の重役になっていたが、当日のアリバイは、はっきりしていた。

「いませんね」

と、亀井は、西本たちの報告メモを見ながら、十津川に、いった。

「そうだろうね」

と、十津川は、肯いてから、

「最初から、この線は、あり得なかったんだよ」

「と、いいますと？」

「宇都宮から『あいづ』に乗った橋口ゆう子は、恐らく、片岡友子から、列車に乗ったら、座席の下を見るように、いわれていたんだと思う」

「その点は、同感ですが」

「橋口ゆう子は、座席を起こして、調べようとして、飛び出したナイフに、胸を刺された」

「はい」

「ただ、すぐには、死ななかった。彼女は、なぜ、こんなことになったか、必死になって、考えたんだと思うね。そして、『アキ——』といったんだよ」

「すると、やはり、犯人を、示したことになりますね」

「そのとおりだよ。他に考えようはないんだ」

「しかし、それなら、なぜ、犯人の名前を、いわなかったんでしょうか？」

「ただ、犯人の名前に匹敵することを、いったんだ。あの『アキ——』は、秋田だよ」

「つまり、徳田ということですか？」

「ああ。橋口ゆう子は、徳田が、秋田にいっていることを、知っていたんだ。だから、犯人が、徳田であることを示そうとして『アキタ』と、いおうとしたんだと思うね」

十津川は、決めつけるように、いった。理由は、わからない。だが、確信はあった。

亀井は、首をかしげて、

「それなら、なぜ『トクダ』と、いわなかったんでしょうか？　それに、いきなり、ナイフが、突き刺さったわけでしょう？　座席の下を見るようにいったのが、片岡友子だとすると、とっさに、彼女が犯人と思うんじゃありませんか？　一瞬のことで、犯人がわからなかったとしても、彼女は、猪苗代へいく『あいづ』に、乗っていたんです。秋田にいく列車じゃありません。とすると、秋田にいる徳田より、猪苗代にいる片岡友子の顔を、思い浮かべるはずだと思いますが」

と、いった。

十津川は「ああ」と、肯いた。

「カメさんのいうとおりさ。それなのに、橋口ゆう子は、徳田を意味する『アキ――』と、いったんだ。その疑問の答えが見つかれば、今度の事件は、解決できると思うんだがね」

「そのためには、どうしたらいいんですか？」

と、亀井が、きく。

十津川は、じっと考えていたが、

「われわれは、殺された橋口ゆう子のことを、もう少し、調べる必要があるんじゃないかね」

「どんなことをですか？」

と、亀井が、きいた。

「正直にいって、それが、よくわからないんだ。ただ、彼女は、徳田が犯人だということを示すのに『アキ――』と、いった。その理由がわかる何かが、浮かんでくるといいと思うのだよ」

と、十津川は、いった。

12

殺された橋口ゆう子について、もう一度、調べ直すことになった。

彼女の交友関係から、趣味まで、あらゆることをである。

その中の、何が、今度の事件に結びつくかわからない。

西本や、日下たちが、必死になって、橋口ゆう子に関する情報を集めに出た。

彼女の生年月日、血液型、家族構成、出身の高校、大学での評判、友人関係、ルポライターになってからの業績、仲間との関係。どんどん、十津川の手元に、メモが、多くなっていく。

血液型は、A。両親は、まだ健在。兄はすでに結婚し、堅実なサラリーマン。弟は、まだ大学三年生。

大学時代から、同人雑誌をやり、いくつか小説を書いていた。

ルポライターになったのは、高名なライターの、公害についての著作を読んだことが動機である。

仲間のライターは「女らしくない、力まかせのルポ」と、批評している。力強いが、繊細さに欠けるということらしい。

「なかなか、今度の事件に関係することは、浮かんでこないねえ」

と、十津川は、亀井と、顔を見合わせた。

「そうですね。少し、不安になってきましたよ。この調子で調べていって、果して、事件の解決に、役立つのかと思うと――」

珍しく、亀井が、弱気になっている。

橋口ゆう子の友人たちの話も、聞いてきた。だが、いずれも、事件の解決に、役立つものではなかった。

西本たちは、橋口ゆう子の読書傾向まで、調べた。だが、これも、空振りだった。

橋口ゆう子は、朝食は、牛乳とトースト、昼食は、ラーメン、夕食は、おおむねスキヤキか、ライスカレー。煙草は、一日、マイルドセブンを二十本、アルコールは、ビールだけということも、わかった。

だが、これも、事件解決のヒントにはならなかった。

「もう、彼女について、調べることが、なくなりました」

と、西本が、十津川に、いった。

「もう一度、彼女の友人に、当たってみてくれ」

十津川は、西本たちを、励ますように、いった。

「しかし、あと、何を調べますか?」

「何でもいい。彼女の趣味でも、結婚観でもいいから、聞いてきてくれ」

と、十津川は、いった。

西本たちは、再び、何人かの橋口ゆう子の友人に会ってきた。

その中で、日下が、面白い話を、聞いてきた。

「橋口ゆう子は、旅行が好きだったそうです」

と、日下が、十津川に、いった。

「それだけじゃあ、手がかりにはならないな」

「彼女は、いろいろな場所へ旅行していますが、実は、特急『あいづ』にも、前に乗ったことがあったらしいんです」

「本当か？」

「はい。会津若松にいく時『あいづ』に乗ったと、友人に、話したことがあるそうです」

「間違いないのか？」

「はい。会津若松へいく直通列車があるのがわかったと、面白そうに、話していたそうですから、間違いないと思います」

と、日下は、いった。

「どうみるね？」

十津川は、亀井を、見た。

「さあ、前に、彼女が『あいづ』に、乗ったことがあったとしても、それが、今度の事件に、どう関係してくるのか、見当がつきません」

と、亀井は、いう。

「前の時は、彼女は、当然、上野から乗ったんだろうね」

「そう思います。しかし――」

「上野へいってみないか」

と、急に、十津川は、いった。

「上野へいけば、何かわかるでしょうか?」

「どうかな。ワラをも掴《つか》む気持ちなんだよ。考えてみると、われわれは、まだ『あいづ』に乗っていないんだよ。郡山で、グリーン車の例の座席は、見せてもらったが、正式に、乗ったわけじゃないからね」

と、十津川は、いった。

13

二人は、上野駅に向かった。

着いたのは、午後一時少し過ぎである。

「少し早かったかな」

と、十津川は、呟いた。

9番線には、まだ「あいづ」は、入線していなかった。

二人は、ホームで「あいづ」が、入ってくるのを、待った。

十津川は、煙草に火をつけた。間もなく「あいづ」が、入線してくるだろう。それに乗ったからといって、今度の事件が、解決できるのだろうか？

「きましたよ」

と、亀井が、いった。

列車が、ゆっくりと、近づいてくるのが見えた。

「カメさん、違うよ。ヘッドマークを見たまえ。あれは『つばさ』だよ」

と、十津川は、眼をそらして、いった。

先頭車両のヘッドマークは、山と湖をデザインした「あいづ」ではなく、赤い部分に、白い羽根を描いていて「つばさ」と、書かれている。

「なるほど。あれは『つばさ』ですね」

と、亀井は、肯いたが、

「しかし、警部。9番線に入ってきますよ」

と、あわてた声で、いった。

亀井のいうとおり、その列車は、ゆっくりと、十津川たちの待っている9番線に、入ってきた。

列車は停止し、乗客が降りてくる。

十津川は、あわてて、時計に眼をやった。

一時三〇分を、過ぎたところだった。十津川は、近くにいた駅員をつかまえて、この列車のことを聞き、手帳に、書き取って、亀井のところへ戻ってきた。

「わかったよ。カメさん」

と、十津川は、興奮した口調で、手帳を見せた。

「特急『あいづ』は、上野－会津若松間を一往復しかしていない。これでは、不経済だというので、他のルートと共用しているんだそうだ。一日の列車の運用は、こうなっている。午前五時三八分L特急『つばさ8号』として、秋田を出発、同日の一三時三〇分上野に着く。今度は、下りの『あいづ』となって一四時一五分に上野を出発し、一七時五三分会津若松着。そのあとは、上りの『あいづ』として、翌朝九時三六分会津若松を出て上野へ、最後は、上野発一五時一五分の『つばさ17号』で、秋田へということになる。これの繰り返しなんだよ」

「大事なのは、秋田発の『つばさ8号』の部分ですね」

と、亀井は、いった。

「そうだ。徳田は、秋田にいて『あいづ』のグリーン車の9Dの座席に、仕掛けることが、出来たんだ。二八日の午前八時に、ホテルのルームサービスをとっているが『つばさ8号』の発車は、午前五時三八分だから、早朝、ホテルを抜け出して、駅へいき、座席の下に仕掛けることは、簡単だよ。また、東京までの9D席の切符を買っておけば、誰かが座る心配もないわけだからね」

と、十津川は、いった。

「橋口ゆう子は、胸を刺された時『あいづ』が、秋田からきた『つばさ8号』だということを、思い出したんですね」

「そう思う。そして、徳田が、秋田にいることを思い出したんだろう。その考えが重なって、徳田の仕業《しわざ》と直感したんだろうね。だから、あのダイイングメッセージは、恐らく『秋田にいる徳田』と、いうものだったはずだ。それが『アキ――』で、終わってしまったんだよ」

十津川は、すぐ、このことを、大内警部に知らせ、福島県警の田宮警部にも、連絡を、とった。

また、秋田県警に依頼して、二月二八日の早朝の秋田駅のことを、調べてもらった。

なにしろ「つばさ8号」の発車は、五時三八分という時刻である。

ホームに、人の姿も少なかったに違いないから、不審な動きをする徳田のことを、覚えている駅員がいるかも知れないと、思ったからである。

駅員はいなかったが「つばさ8号」の車掌が、徳田のことを覚えていた。グリーン車にいて、発車直前に、あわてて、降りていったというのである。

妙な客だなと思い、覚えていたということだった。

その証言を得て、栃木県警が、徳田に対して、逮捕令状を出した。

四月四日、事件が発生してから、八日目である。

座席のナイフの発射装置を、いつ、どうやって片付けたのか、また、片岡友子殺害についてもいずれ、自供で明らかになるだろうと、十津川は思った。

十津川の妻の直子は、猪苗代湖が気に入ったらしく、湖畔に、小さな別荘を建てたいといっている。

愛と絶望の奥羽本線

1

「おかしいわ」

妻の祐子《ゆうこ》が、井上《いのうえ》の背中に向かって、ふいに、いった。

井上の肩のあたりが、小さく動いた。が、ボストンバッグに、着がえを詰める手を休めずに、

「何がおかしいんだ？」

「福島に、会社の支店ができたなんて、聞いてないわ」

祐子の声が、もう、とがっている。眼も吊《つ》り上がっているに違いない。井上は、彼女に背を向けたまま、

「一カ月前に、開店したんだよ。おれは、人事の責任者として、仕事の連絡にいってくるんだ」

「嘘《うそ》だわ」

「疑うのなら、会社に電話して、きいてみたらいいだろう」

「この時間は、まだ会社に誰もきてないわ。それを知ってて、きいてみろなんていう

んでしょう?」

「とにかく、おれは仕事で福島へいくんだ。おれのいうことが、信用できないのか?」

「できないわ。最近のあなたは、おかしいわ。出張は嫌いだっていってたくせに、やたらにいくようになったし、言葉遣いも乱暴になったわ。まだ、あの女とつき合っているのね。そうでしょう?」

「あの女?」

「私には、わかるのよ。言葉遣いが乱暴になってくると、必ず、あの女とつき合ってるんだから。今度の出張で、あの女と会うことになってるんでしょう!」

「あの女って、誰のことだ?」

井上は、またかという顔で、きき返した。彼が家をあける時は、まるで一つの儀式のように、祐子の嫉妬が始まる。

いつから、こんなになってしまったのだろうかと思う。七年前に結婚した時は、周囲から羨《うらや》ましがられたものだった。彼女は副社長の娘で、当時、逆玉といわれた。友人の中には、尻に敷かれて大変だぞと、ひやかすものもいたが、結婚してみると、祐子は大らかに育ってきたせいか、可愛らしくのびのびとしていて、井上は結婚してよかったと満足した。そのうえ、義父の力はやはり大きくて、同族会社の色彩の強い今の会社で、井上は現在四〇歳で、人事部長に就《つ》くことができた。

その義父が二年前に亡くなったのだが、考えてみるとその頃から、祐子が急に嫉妬深くなったようだ。

副社長の父がいれば、井上は自分のいうとおりになると思い込んでいたのが、その支えが、失《な》くなってしまったからだろう。彼女がのびのびとしているように見えたのも、父親が会社で睨《にら》みを利《き》かしているからと、安心しきっていたせいなのだ。

井上自身も、頭上の重石《おもし》が除《と》れた感じで、つい浮気に走り始めたから、祐子の嫉妬は、いっそう強くなったのだと思う。

「勝手にしろ!」

と、井上は、今日も怒鳴って、立ち上がった。いつもは、祐子はぶつぶつ文句をいいながらだが、どこかに、つかみかかったり物を投げたりするのは、はしたないという気持ちがあるのか、井上が出かけるのを止めたりはしなかった。

だが、今日は違っていた。突然、

「いかせるものか! あの女に、会わせるものか!」

と叫んで、テーブルにあった果物ナイフを、井上に突きつけてきた。

井上は、ナイフよりも、祐子の眼にふるえあがった。今までは、どんなに激しい夫婦喧嘩をしても、祐子の眼にも態度にも、甘えみたいなものがあって、井上は、タカをくっていたのだが、今、妻の眼に見えるのは憎しみだけだった。

（殺される！）

と、思った。

それに、今回の出張では本当に女を連れていくことにしていた。東北の温泉で待ち合わせることにしていたのだ。その後ろめたさが、恐怖を倍加させたのかも知れない。

「何をするんだ！」

と、叫びながら、手で眼の前のナイフを払った。

どうなったのかわからなかったが、祐子が悲鳴をあげた。自分の持った果物ナイフで自分の手を切ってしまったのだ。

血がしたたり落ちると、祐子の眼がいっそう狂気じみてきた。

「人殺し！」

と、叫ぶというよりわめきながら、また切りつけてきた。

それをどう防いでいたか、井上は覚えていない。無我夢中だったのだ。

気がつくと、部屋の中が、妙にしーんと静まり返ってしまっていた。妻のわめき声も消えている。

突然、左腕に痛みを感じた。見ると、二の腕のあたりから、血が出ているのだ。あわててハンカチでおさえて、あらためて室内を見回した。

妻が、仰向《あおむ》けに倒れている。

口を小さく開け、眼が宙を睨んだままだった。左手からは、まだ血が流れ出ている。血のついたナイフは、部屋の隅に飛んでいる。

「祐子！」

と、呼んだが、返事がない。

井上の顔から、血の気が引いていった。

「おい。どうしたんだ！」

と、妻の身体をゆすってみたが、だらりと、力を失ってしまっている。息をしていない。

（死んでいる）

井上の身体が、小きざみにふるえ出した。

2

妻が好きで作った大理石の暖炉の角《かど》に、血がついているのに気付いた。

殺されると思い、突き飛ばした時、妻の後頭部がぶつかったのだろう。

(これで、何もかも、おしまいだ)

と、井上は、思った。

絨毯《じゆうたん》の上に、座り込んでしまった。

(妻殺し)

そんな文字が、井上の頭を横切った。やたらに、喉が渇く。妻の死体を見ないようにして、キッチンにいき、水道の蛇口に口をつけて、水を飲んだ。

少しずつ冷静さを取り戻してきた。絶望が消えていき、

(刑務所いきなんか、真っ平だ)

と、考えるようになった。

刑務所いきも嫌だし、現在の地位を失うのも嫌だった。

井上は、必死になって、善後策を考えた。

今日、福島支店にいくことは、会社の人間が知っている。新幹線の切符も手配ずみだし、九時半には秘書の岡林《おかばやし》が車で迎えにくる。

井上は、腕時計を見た。九時半まで、あと一〇分しかない。

こんなところを岡林に見られたら、それで終わりだ。

ワイシャツの左袖がナイフで切り裂かれ、血が滲《にじ》んでいる。あわてて、それを脱ぎ、傷口を包帯で巻く。

血で汚れたワイシャツは、丸めてボストンバッグに突っ込み、新しいワイシャツを着て、上衣を身につけた。

自分が出張中に、泥棒が入り、妻の祐子に見つかって、居直った。妻が果物ナイフで必死に抵抗したが、泥棒に突き飛ばされて死亡。そうしたいと、思った。

泥棒が入ったように見せなければと考え、井上は、応接室、寝室などをちらかし、引出しをぶちまけ、妻の持っている貴金属を取り出して、ボストンバッグに入れた。

その途中で、インターホンが鳴った。

岡林が迎えにきたのだ。

「岡林です。お迎えにきました」

と、ちょっと甲高い声が、いった。

「ご苦労さん。すぐいく」

と、井上は応《こた》えておいて、もう一度、室内を見回した。

ミスをしたかも知れないが、もう時間がなかった。

ボストンバッグを提げて、玄関に出る。

外に待っていた岡林が、うやうやしく、ボストンバッグを受け取った。

井上は、家の中に向かって、

「不用心だから、ちゃんと鍵をかけておけよ！　福島に着いたら、電話するからな」

と、わざと大声でいった。

迎えの車に乗り込むと、井上は、運転席の岡林の背中に向かって、

「家内は、私が出張だというと、ご機嫌が悪くてね。送りに出てこないんだよ。この年齢《とし》で、やきもちもないと思うんだがねえ」

と、いった。いってしまってから、芝居が過ぎたかなと、心配になって黙ってしまった。

岡林は、上役のプライバシーに関心がないのか「はあ」といっただけである。

上野駅に着くと「いってらっしゃいませ」と、馬鹿丁寧に頭を下げた。

井上は苦笑をしながら、改札口を通り、新幹線ホームにあがっていった。

一〇時五〇分発の盛岡行で、個室の切符が用意されていた。

すぐ車内検札があり、それがすむと列車は出発した。

井上は個室のドアを閉め、ほっとして椅子に身体を沈めた。

ここまで、緊張のしつづけだったのだが、それが解けると、また、不安がよみがえってきた。

(おれはうまく部屋の細工をしてきただろうか?)

という不安だった。

妻の祐子にすまないことをしたという気持ちは、なかった。それだけ、二人の間は、冷え切っていたということかも知れない。

部屋を荒らしておいて、現金と貴金属を持ち出してきた。

泥棒が盗《と》っていったという設定にしたのだ。

(預金通帳は、持ってこなかった――)

それを、警察はどう考えるだろうか?

印鑑が見つからず、通帳を盗んでも仕方がないので、放り出して逃げたと、思ってくれるだろうか?

それに、岡林の奴も、こちらの必死の芝居を覚えてくれていて、警察で証言してくれるだろうか？

（血――！）

急に、井上の顔が、蒼《あお》ざめた。

妻の振り回したナイフで、彼の左腕が切られ、血が絨毯の上にしたたり落ちたのを、思い出したのだ。

警察は当然、血液型を調べるだろう。妻の祐子はB型だが、井上はAB型だ。

AB型の人間は、少ない。

（まずいな）

と、思った。

物盗りの犯行と信じ切ってくれればいいが、少しでも、夫の井上が疑われたら、当然彼の血液型が調べられる。

（まずいな。本当に、まずいな）

井上は、背筋に冷たいものが流れるのを感じた。

井上は、上衣を脱いだ。ワインシャツをまくりあげる。

あわてて巻いた包帯に血が滲んで、赤くなっている。

傷口が、急に、跡かたもなく消えるなんてことは、あり得ない。すぐ、警察に見つけられてしまう。そうなったら、もう終わりだ。

（朝、ちょっとした痴話喧嘩で、その時、家内の振り回したナイフが、当たってしまったんですよ、といったら、どうだろう？）

と、井上は、必死で考えた。

だが、岡林相手に、下手《へた》な芝居をしたのが、命取りになってしまうかも知れない。腕を切るような喧嘩のすぐあとで、福島に着いたら電話するなどと、声をかけたりしたことになるからである。

（まずいな）

と、思った。が、その一方で、警察は、絨毯の血を、すべて、妻の傷から出たものと思うかも知れないと、自分に都合のいいように考えたりもした。

何といっても、妻の死体が、転がっているのだ。そして、彼女の左腕に切傷があれば、絨毯の血は、すべて、そこから流れたものと思い込むのではないか。

それなら、別に、心配することはないのだ。

一時間半足らずで、福島に着いた。

駅には、支店長の田浦《たうら》が、迎えにきていた。井上より一〇歳以上年長だが、井上に向かって、丁寧に頭を下げた。

「お待ち申しあげておりました」

と、いう。

井上は、わざと鷹揚《おうよう》に構えて、

「お世話になりますよ」

と、いってから、

「家内に、電話したいんですがね。出張のときは、心配するので、必ず、着いたら電話するんですよ」

「それは、仲のおよろしいことで、お羨ましい。私の家内など、まったく心配しませんよ」

田浦は、下手なお世辞をいい、井上を、公衆電話ボックスに案内した。

井上は、テレホンカードを差し込んで、自宅のナンバーを押した。

呼んでいるが、誰も出ない。まだ、祐子が死んだことは、見つかっていないらしい。

井上は、通じたふりをして、

「ああ、僕だ。今、福島に着いたところでね。支店長さんが迎えにきてくれたよ」

と、いい、近くで待っている田浦に向かって、笑って見せた。

「ああ、三日したら、帰る。お土産《みやげ》を持って帰るよ。楽しみにしていてくれ」

井上は、それだけいって、受話器を置いた。硬貨だと、ジャラジャラ戻ってきて、通じなかったのがわかってしまうが、テレホンカードではそれがないので、井上は素知らぬ顔で抜きとると、田浦のところに戻った。

田浦が車に案内し、井上は、乗り込んだ。

「副社長がお元気の頃は、いろいろとお世話になりました」

と、田浦は、お世辞をいった。それに続いて、

「今夜は、どこへお泊まりになりますか？　温泉がよければ、手配しますが」

「いや、友人が、天童《てんどう》で旅館をやっていましてね。ぜひ、きてくれといっているので、今夜は、そこへ泊まることにしているんですよ。約束してしまったので、私の勝手にさせて下さい」

と、井上は、いった。

そこで、工藤《くどう》ひろみと、待ち合わせることになっていた。

田浦は、残念そうに、

「それなら、仕方がありませんが」

「ここから、天童まで、特急で二時間あればいきますね？」

「一時間半です」

と、運転手がいう。

「この車で、お送りしますよ」

と、田浦がいうのへ、井上は、

「いや、列車に乗るのを、楽しみにしてきましたから」

と、断った。

この日は簡単な打ち合わせをしただけで、早目の夕食が、井上の歓迎会になった。

その間、東京から、妻が死んだという電話が入るのではないか、その時には、どんな表情をしたらいいのかと、考えたりしていたが、いっこうに電話は、入らなかった。

夕食の途中で、井上は料亭の廊下にある公衆電話から、自宅にかけてみた。

呼出しのベルは鳴るのだが、誰も出ない。

（死体を、まだ、誰も見つけていないのか？）

そのことに、ほっとしながら、同時に、焦燥も覚えた。いつまでも、不安でいるのが、たまらないのだ。

次に、天童温泉の「かつら旅館」に、電話を入れた。待ちかねていたように、工藤ひろみが、電話口に出た。

「いつ、こっちへこられるの？」

「八時までは、つき合わなきゃならないから、そちらに着くのは一〇時頃になるな」

「奥さん、何ともいってなかった？　あたしとのこと、疑ってるんじゃない？　女って、敏感だから」

「大丈夫だよ。君はいつ頃、天童に着いたんだ？」

「午後三時頃だったと思うわ。だから、もう四時間も待ってるのよ。なるべく、早くきて」

と、ひろみが甘えた声を出した。

「わかってるから、温泉にでも入って、待っていなさい」

小声でいって、井上は電話を切り、席に戻った。

結局、八時過ぎまで引き止められ、井上は危うく、二〇時二〇分福島発の特急「つばさ13号」に乗りおくれるところだった。このあと二二時〇一分の「つばさ15号」があるのだが、これは山形までしかいかないのである。

座席に腰を下ろすと、ホームの売店で買った夕刊を広げた。

どこにも、東京で殺人事件があったというニュースは、出ていなかった。妻の名前など、一行ものっていないのだ。

夕刊の締切りが、午後二時とすると、それまでに妻の死体は発見されなかったということだろうか？

（どうしたらいいのか？）

と、井上は、迷った。

家に電話したのだが、妻が出ない。心配だから、調べてくれと、警察か会社にいおうか？

しかし、何時間か、電話に出ないだけで、騒いだら、かえって怪しまれるかも知れない。普通なら、もっとのんびりしているに違いないからである。

（まさか――？）

ふと、奇妙な疑心暗鬼に襲われた。

すでに妻の死体は、警察が発見しているのではないだろうか？　井上は、必死で細工したが、警察は、夫の井上が怪しいと考え、わざと事件を伏せて、彼がボロを出すのを待っているのではないかという疑心暗鬼だった。

もし、そうなら、下手に動くと、みすみす警察の罠《わな》にはまってしまうことになる。

井上は、その答えを見つけようとするように、窓の外に眼をやった。

窓の外は、すっかり暗くなっている。列車の灯《あか》りが届くところは、三月末なのに、真っ白な雪に蔽《おお》われていた。東京はすでに春の気配だったが、ここ奥羽本線の沿線には、冬と雪が、まだ腰をすえている。

列車は、米沢、赤湯、上ノ山《かみのやま》、山形と停車し、二二時〇二分に、天童に着いた。

天童は、将棋の駒の産地と、温泉で有名な町である。

今朝までは、ひろみと浮気旅行を楽しむことにしていた温泉なのだ。しかし、今は違ってしまった。といって、ひろみを追い返したりしたら、疑われてしまうだろう。

妻が殺された時、別の女と東北にいたというのは、不謹慎と非難されるだろうが、殺人で、逮捕されるよりはいい。ひろみが、アリバイを証明してくれる一人になってくれるだろうからでもある。

天童の町は、普通、温泉町といった時に、思い浮かべる町の景色とは、かなり違っている。

一般に、温泉町というと、山間《やまあい》の渓流に沿って、川岸に並ぶホテルや旅館が思い浮かぶのだが、天童の場合は、普通の町の中に、温泉旅館やホテルが点在している感じがする。

スーパーの隣に、ホテルがあって、そのホテルに大浴場があったりするのだ。

井上が、予約した「かつら旅館」も、そんな一軒で、日本料理店の隣にあり、交叉《こうさ》点《てん》の傍《そば》だった。

ひろみは、他人行儀に出迎えたが、部屋に入り、仲居が消えてしまうと、喘《あえ》ぐ感じで抱きついてきた。

その熱っぽさに、井上の方が圧倒されてしまい、押し倒されるように、布団に、抱き合ったまま、転がった。

「奥さん、あたしのこと気付いてるんじゃないかしら？」

唇を離して、ひろみが、じっと井上の顔をのぞき込んだ。

井上は思わず、怒ったような声になって、

「そんなこと、心配することはないさ」

「でも、奥さんは、あたしたちのこと、感付いてるらしいって、いってたじゃないの」

「大丈夫だよ」

「何かあったの？」

「え？」

「そうなのね。何かあったんだわ。いつもの井上さんと、違ってるわ」

ひろみは、眉をひそめて、井上を見た。

井上は、狼狽《ろうばい》した。自分では、平然としているつもりなのだが、やはり、不安や怯《おび》えが顔色や態度に、表れてしまっているのかも知れない。

「何でもないさ」

と、井上は強い調子でいったが、ひろみは急にさめた眼になって、

「ねえ。別れる気になってるんなら、ちゃんと、いってよ。あたしは、誤魔化されるのが嫌なの」

と、切口上《きりこうじょう》で、いった。

「違うよ。そんなことはないよ」

と、井上は、いった。

「でも、いつもと違ってる。何か、怖がってるわ。何が怖いの？　奥さん？　それとも、あたしとつき合ってるのが会社にわかってしまって、それが出世の邪魔になりそうなの？」

堰《せき》を切ったように、ひろみが、井上に、言葉を浴びせかけてきた。井上がそれにうまく応えられずに黙ってしまうと、彼女は布団から出てしまい、口の中で、何か、ぶつぶつ呟《つぶや》いていた。

「困ったな。君と別れる気はないよ」

と、井上は、彼女の背中に向かって、いった。が、ひろみは、それには応えず、手

を伸ばして、テレビをつけた。

別に、テレビを見たいわけでもないらしく、つけたものの、窓の方に眼をやっている。

〈――今日、東京都世田谷区で、N興業人事部長井上剛《つよし》さんの妻、祐子さんが、殺されているのが発見され――〉

3

ひろみが、蒼ざめた顔で、井上を振り返った。

「あなたが、殺したの？」

「違うよ。僕じゃない！」

「でも――」

「ちょっと、黙っててくれ！」

井上は、怒鳴るようにいい、テレビに眼を走らせた。

画面には、妻の祐子と井上が、笑顔で並んでいる写真が、出ていた。多分、部屋の中から、見つけたのだろう。

〈――今日、午後一二時二〇分頃、N興業の管理部長、青木勇《あおきいさむ》さんに、井上さんから、ひどく興奮した様子で、家内を殺してしまったという電話がかかり、青木さんは、半信半疑で、会社が終わったあと、世田谷区駒沢の井上さんの家に寄ったところ、玄関の鍵はかかっておらず、洋室で、井上さんの妻、祐子さんが死んでいるのを発見し、あわてて、警察に届けたということです。警察が調べたところ、祐子さんは、ナイフで腕を切られ、後頭部を強打されて、殺されていました。夫の井上さんは、会社の仕事で、東北に出張しており、警察は重要参考人として、探しています〉

井上の顔から、血の気が引いてしまった。居直り強盗に見せかけようと、細工をしたのだが、警察は欺《だま》されなかったのだ。

ただ、彼は、友人の青木に、電話した覚えがない。

「やっぱり、奥さんを殺したのね？　あたしが、原因なの？」

ひろみが、光るような眼で、井上を見つめた。

「仕方なかったんだ。家内が、果物ナイフで切りつけてきたんで、それを防ごうとしていたら、暖炉に、彼女が、頭をぶつけて――」

「そんないいわけなんか、警察は、聞いてくれないわ。警察は、怖いわよ」

ひろみが、いう。彼女は、銀座のクラブのホステスだが、前に、ホステス仲間と喧嘩をして、傷害で、警察に捕まったことがあると、話したことがあった。

井上が、どうしていいかわからず、黙っていると、ひろみは、急に、座り直して、

「逃げましょう」

「逃げるったって、どこへ？」

「ここに泊まってることは、支店の人は知ってるんでしょう？」

「天童に泊まるとはいったが、この旅館の名前は教えてないし、井上という名前も使ってないよ」

「でも、そんなの、すぐわかってしまうわよ。すぐ逃げないと、捕まってしまうわ」

「しかし、どこへ逃げるんだ？　列車だって、もうないよ」

「朝まで、警察が呑気《のんき》に待ってくれると思うの？　タクシーに乗ったって、歩いたって、何とか逃げられるわ。お金は、持ってる？」

「ああ、二百万ほど、持ってきてる」

と、井上は、いった。

「それなら、当座は、何とかなるわ。さあ、支度《したく》して！」

と、ひろみが、いった。

井上は、引きずられる感じで、布団の上に立ち上がった。

身支度をして、二人は部屋を出た。もう、夜の一一時を回っている。

入口のドアは、まだ開いていた。足音を忍ばせ、そっとドアを開け、二人は外へ出た。冷たい風が、いきなり、井上たちの身体を押し包んだ。

国道の残雪が、冷気で、凍りついている。井上は、足をとられて、危うく、転びかけた。それをひろみが、支えて、

「しっかりして！」

と、叱りつけるようないい方をした。

「列車がないから、タクシーを拾おう。あのタクシーが、空車だよ」

「あれは、駄目」

「なぜだ？」

「山形ナンバーだからよ。警察は、必ず、タクシーを調べるわ」

ひろみは、冷静な口調でいい、じっと通りを見ていたが、宮城ナンバーのタクシーを見つけて、手を挙げた。井上は、完全に、ひろみに主導権を握られた感じだったが、そのほうが少しは気が楽だった。

タクシーに乗ると、ひろみは、考えてから、

「鳴子《なるこ》へいって」

「鳴子ですか？」

「あんた、宮城のタクシーなんだから、道を知ってるでしょう？」

「知ってますが、遠いですよ」

「かまわないわ」

と、ひろみはいい、タクシーは走り出した。

天童の町が、消え去っていく。

（これで、完全に、警察に追われることになってしまったな）

と、井上は、思った。

シートに、頭をもたせて、眼を閉じた。まだ、刑事の姿を見たわけでもないのに、ひどく怯えた気持ちになっている。わずかな気休めは、今、乗っているタクシーが、走っているということだった。これが、走っている限り、捕まらないような気がするからだ。

「大丈夫よ」

と、ひろみが、井上の耳元で囁《ささや》いた。

「何が、大丈夫なんだ？」

「あたしが、絶対に、あなたを捕まえさせないわ。逃げて、逃げまくるのよ」

「いつまで、逃げるんだ？」

「時効になるまでよ」

「――」

「大丈夫、あたしが、守ってあげるわ」

ひろみは、むしろ嬉《うれ》しそうに、いった。

4

すでに、午前零時を回っている。

捜査本部になった世田谷署で、十津川は、山形県警天童署からの電話を受けていた。

まず、福島県警に電話をし、そこから、井上が泊まったと思われる天童へ、連絡してもらっておいたのである。

「ようやく、井上と思われる男が泊まった旅館がわかりました。『かつら旅館』で、井上は、津田守《つだまもる》という偽名で、二五、六歳の女と泊まっていましたが、うちの刑事が駆けつけた時は、もう、逃げ出していました」

　と、林《はやし》という刑事が、訛《なま》りのある声で、いった。

「何時頃に、いなくなったんですか？」

　と、十津川は、奥羽本線沿線の地図を見ながら、きいた。

「男がその旅館に入ったのは、一〇時半頃でしたから、そのあとであることは、間違いありません」

「行先は、わからないでしょうね？」

「もう、列車は動いていませんから、タクシーを拾ったと思います。今、タクシーの運転手に当たっているんですが、二人を乗せた運転手は、見つかっていません」

「女は、どんな感じだったんですかね？」

「今、いいましたように、二五、六歳で、旅館の従業員たちの話では、身長は、百七十センチほどで、なかなかの美人だったそうです。派手な感じで、水商売の女らしいという証言もあります。旅館には、井上より先に、午後三時すぎに、入っています。その時、山中《やまなか》みどりと名乗っていますが、これも偽名だと思います」

　と、林刑事は、いった。

　十津川は、電話を切り、煙草《たばこ》に火をつけた。

テレビのニュースは、今度の事件を「エリートの殺人か?」と、報道した。クエスチョンマークつきなのは、まだ、井上が、重要参考人の段階だからだろうが、アナウンサーの調子は、すでに犯人と、決めつけている感じだった。

十津川は、今までにわかったことを、思い返してみた。

井上は、一〇時五〇分上野発の「やまびこ」で、N興業福島支店に、出張で出かけている。

この列車の福島着は、一二時一八分である。

友人の青木管理部長に「家内を殺した」と電話してきたのが、一二時二〇分頃というから、駅に着いてすぐ、電話したのだろう。

そのあと、井上は、福島支店で仕事をし、夜、天童に向かった。とすると、彼が、妻の祐子を殺したのは、家を出る前ということになる。

N興業では、井上の秘書が、九時三〇分に車で迎えにいき、上野駅へ送ったというから、九時半前なのだ。

午前二時近くに、大学病院から、死体の解剖結果が報告されてきた。

やはり、死亡推定時刻は、午前九時から一〇時の間だという。

死因は、後頭部を強打されたことによる頭蓋骨《ずがいこつ》陥没だということだった。

「そろそろ、井上剛の逮捕状を請求していいんじゃありませんか」

と、亀井刑事が、十津川に催促した。

「そうだな」

「物盗りの犯行に見せかけようとするなんて、いかにも、エリートらしい往生際《おうじょうぎわ》の悪さじゃありませんか。腹が立ちますよ」

と、亀井は、いう。

「確かに、小細工が過ぎたという感じだねえ。ずいぶん、下手くそな細工だよ」

「時間がなかったからでしょう。自分でも、あれでは、すぐ、ばれてしまうと思ったはずですよ。警察は、欺《だま》されませんからね」

「それで、一時は観念して、友人に電話して、奥さんを殺したと、告白したというわけかな？」

「そう思います。しかし、天童に待たせておいた女に会ったら、また、捕まるのが嫌になって、逃げ出したんだと思いますね」

「殺人の動機も、女性関係だろうね」

「出張先に女を待たせておく。それに、奥さんが気付いて、激しい夫婦喧嘩があったんじゃありませんか。奥さんが、果物ナイフを振り回した形跡がありますからね」

「エリートの落とし穴は、女だったというわけか」

十津川は、小さく、溜息《ためいき》をついた。

何となく、やり切れない感じがしたからである。

「問題は、凶器ですね。家の中にあるのではないかと思ったんですが、見つかりませんん。ひょっとすると、犯人の井上が、旅行の途中で処分する気で、持ち去ったということも、考えられます」

と、亀井が、いった。

「凶器は、何だと思うね」

と、十津川が、きいた。

「わかりませんが、一つだけ、気になったことがあります」

「何だね？」

「井上は、煙草を吸うようで、居間にも、寝室にも、煙草がありました。それなのに、現場の居間には、灰皿がありませんでした」

「それは、私も、気になっていたんだよ。凶器は、灰皿かな」

「そうだと思います。かなりの重さのある灰皿なら、充分に、凶器になりますから」

と、亀井は、いった。

寝室にあった灰皿は、南部鉄の重いものだった。居間にも、同じものが置かれていたとすれば、充分に、凶器になり得るのだ。

朝になると、十津川たちは、井上夫妻についての情報を集めにかかった。

九時を過ぎ、N興業本社が、仕事を始めると、十津川は、亀井と二人で出かけていき、井上の上司にも会って、話を聞いた。

社長一族の一人でもある佐伯《さえき》局長は、当惑した顔で、十津川を迎えた。

「とんだことをしてくれたと、社長とも、話をしているんですよ。わが社の恥ですからね」

と、佐伯は、いった。

「亡くなった井上祐子さんは、ここの前の副社長の娘さんだそうですね」

と、十津川が、きく。

「そうです。それだけに、将来を約束されていたのに、何ということをしてくれたのかと、腹立たしくて、ならんのですよ」

「今、井上さんは、女と逃げていると思われるんですが、この女性について、心当たりはありませんか？」

「多分、銀座のクラブのホステスだと思いますね」

「ええ。噂《うわさ》に聞いたことがあるんですよ。確か『ミッドナイト』というクラブの、ひろみというホステスです。私は、気になったので、井上君に問いただしたことがあるんですよ。その時にはもう切れたといっていたんですが」

「二五、六歳で、長身の女性のようですが」

亀井がいうと、佐伯は、肯いて、

「それなら、まず、ひろみというホステスに間違いないと思います。私も二、三度会っていますが、そんな感じでしたから」

と、いう。

「福島支店から、何か連絡は、入っていませんか？」

「今のところ、何も。この上は、一刻も早く井上君が自首してくれればと、思っているんですが」

と、佐伯は、いった。

事件を警察に伝えた、管理部長の青木にも、もう一度、会った。

青木は、疲れた表情で、

「彼から電話があったら、自首をすすめようと思って、じっと、連絡を待っているんですが――」

と、十津川に、いった。

「昨日は、一二時二〇分頃に、電話があったんでしたね？」

「そうです。あの時は、ただびっくりしてしまって、きっと、冗談なんだと思おうとしていたんです」

「井上さんとは、仲がよいようですね。あなたにだけ、連絡してきたというのは」

「特によかったわけじゃありません。ただ、同期で、この会社に入っていますから」

と、青木は、いった。

「銀座のクラブ『ミッドナイト』のひろみというホステスを、知っていますか？　どうやら、その女性と、逃げているようなんですが」

と、十津川は、いった。

「やっぱりそうですか。彼女は女優のK子に似ていて、井上君が、熱をあげていたんです。奥さんとの間が、あまり、うまくいっていないようなので、自重しろといっていたんですがねえ」

「美人だそうですね？」

「ええ。魅力がありますよ。しかし、気の強いところがあって、今度の一件にしても、井上君のほうが、彼女に、引きずられているんじゃないかと思いますがね」

と、青木は、いった。

「井上さんの郷里は、東北ですか？」

「いや、東京の生まれです。ひろみの方が、確か、東北じゃなかったですかね。自分のことを、秋田美人の典型のようにいっていましたからね」

「すると、秋田の地理にくわしいわけですね？」

亀井が、きいた。

「かも知れませんね。秋田のどこの生まれかは、知りませんが」

と、青木は、いう。

「あなたも、ひろみさんとは、親しかったんですか？」

十津川がきくと、青木は、首を横に振って、

「僕は、井上君に、クラブ『ミッドナイト』に連れていかれて、彼女に紹介されたんですよ」

「井上さんは、煙草を吸っていましたね？」

「ええ。お互いに中年だから、身体に気をつけようといったんですが、彼は、煙草だけはやめられないと、いっていました」

「あの家の居間にあった灰皿が、どんなものか、知りませんか？」

「灰皿？　さあ、あまり彼の家へいっていませんからね」

と、青木はいう。

「失礼ですが、青木さんも結婚していらっしゃいますか？」

「ええ。子供も一人います」

「もう一つ、失礼なことをききますが、奥さんは社長一族とつながりのある方ですか？」

十津川がきくと、青木はむっとした顔になって、

「関係ありませんよ。普通のＯＬでした」

「すると同族会社のＮ興業で出世していくのは大変ですね」

「それこそ失礼な質問じゃありませんか。うちの会社は仕事ができれば出世できます。現に僕が部長になっているじゃありませんか」

と、青木は十津川を睨んだ。

「なるほど」

十津川は肯《うなず》いた。が、青木の言葉を鵜呑《うの》みにしたわけではなかった。Ｎ興業のことを調べてみて、いろいろな噂を耳にしていたからである。例えば、社長一族につなが

りがないと、いくら仕事ができても、部長止まりといった噂である。

「井上さんとは、同期でN興業に入社したと聞きましたが、ほかにも一緒に入社した人はいたわけでしょう？」

「ええ。確か、六十人近くいましたね」

「その中で部長になったのは何人ですか？」

「僕と井上君の二人だけですね」

青木はちらりと得意気な表情を見せた。

「すると、出世頭というわけですね」

「そうかも知れませんが、四〇歳で部長ですからね。ほかの会社では別に出世頭とはいわないいんじゃありませんか」

と、青木はいった。

十津川は礼をいって、青木と別れた。

捜査本部に戻ると、福島県警からファクシミリが送られてきていた。

〈井上容疑者のこちらにおける行動について、報告いたします。井上は、一二時一八分福島着の「やまびこ」で到着しています。駅には、福島支店長の田浦が迎えましたが、駅のコンコースで、井上は自宅に電話をかけました。田浦が見ていると、井上はそのあと、家内がお土産を頼むといっていたと、笑顔でいったそうです。しかしその時刻には、すでに井上の妻祐子は死亡していたわけですから、電話で話したというのは明らかに嘘で、一二時過ぎに、まだ妻の祐子が生きていたと思わせるための芝居だったと考えられます。電話した時刻は、一二時二〇分から二五分の間と思われます。そのあと井上は支店にいき、田浦と仕事の打ち合わせをしたあと、五時からは夕食兼彼の歓迎会が市内の料亭で開かれています。この間、田浦の言によると、今から考えると井上の態度は落ち着きがなく、時々うわの空で返事をしていることがあったそうです。午後八時に井上は、天童に予約した旅館へいくといって、料亭を出ました〉

これが、ファクシミリの内容だった。

十津川は、亀井と眼を通してから、

「どう思うね？　カメさんの感想を聞きたいな」

「これで完全に井上が犯人と決まりましたね。福島駅で井上がかけた電話は、自宅にではなく、友人の青木にだったと思いますね。時間はぴったり一致しています」

と、亀井はいう。

「井上が青木に電話をかけて、妻を殺してしまったといったわけかね？」

「そうです」

「しかし、そのあと井上は受話器を置いて、支店長に家内がお土産を頼むといっていたと告げている」

「ええ」

「ずいぶん気持ちに落差があるような気がするがね」

「それは奥さんを殺して、気が動転していたからだと思いますよ。友人の青木に対しては、本当に大変なことをしてしまったと思って、家内を殺してしまったと、告白したんでしょう。しかし、受話器を置いたとたんに、まだ何とかなると思ったんだと思います。それに物盗りの犯行に見せかける細工をしてきたことを思い出したのかも知れません。それでまだ妻が生きていたように芝居をしたんだと思いますね」

「なるほどね」

と、十津川は肯いたが、完全には納得し切れない顔で、

「ちょっと出かけてくる」

と、いった。

5

鳴子も雪に蔽われている。

天童からタクシーで逃げて、鳴子に着いた時は朝になっていた。

天童は平らな盆地に、ホテル、旅館が点在している感じなのに比べて、鳴子は傾斜地にひしめいている感じがする。やたらに坂がある。

まだ観光シーズンに間があるのが幸いして、二人はすぐ、ホテルに部屋をとることができた。

それから、丸一日たっている。

部屋のドアがノックされる度《たび》に、井上はふるえあがった。外にいるのがルーム係とわかっても、怯えた。そのうしろに、刑事が隠れているのではないかと、疑ってである。

食事も外にはいかず、ルームサービスか、ひろみが買いに出かけた。

ドアにはしっかりと錠をかけ、テレビのニュースを見ていた。警察は天童まで井上を追いかけて、そのあとがわからなくなっているようだった。

だが、ひろみのこともわかってしまったし、新聞には二人の写真がのった。重要参考人が、容疑者になっている。

ただ、井上にわからないのは、青木の証言だった。彼に電話してはいないのだ。なぜあんな嘘をついたのだろうか？

ひろみが買物に出ているとき、井上は我慢できなくなって、会社にいる青木に電話をかけた。

電話中ということで、待たされてから、青木が出た。

「青木ですが？」

「おれだよ。井上だ」

「今、どこにいるんだ？　心配してたんだぞ」

青木は、怒ったような声を出した。

「それより、なぜ、あんな嘘をついたんだ？」

と、井上はきいた。

「ああ、あれか。あれは君のためを思って、警察に嘘をついたんだ」

「おれのためを思って？」

「ああ。君は小細工をしたらしいが、日本の警察はそんなことで欺されはしないよ。

心証が悪くなるだけだ。一刻も早く自首した方がいい」

「おれのためという説明が、まだないじゃないか」

「君は、逃げ切れやしない。捕まった時、君に大変なことをしたという意識があったのとなかったのとでは、裁判の時違ってくる。だから、僕は、奥さんを殺したあと電話してきて、大変なことをしてしまったとふるえ声でいったと、警察に証言しておいたんだ。少しでも君の立場がよくなればと思ってね。黙って逃げていれば、心証は悪くなるばかりだよ。早く、自首してくれ」

と、青木はいった。

井上は自首する気にもなれず、電話を切ってしまった。

ひろみがほかほか弁当を買って、戻ってきた。もう、昼に近い。

「外は寒くて、粉雪が舞ってるわ」

と、ひろみは蒼白い顔でいった。

井上は弁当を食べる気になれず、傍《そば》に置いたまま、

「逃げ切れるんだろうか」

と、ひろみにいった。

「弱気になったら駄目よ」

ひろみは、叱りつけるようにいった。

「しかし、僕と君の写真が新聞に出てる。テレビも放送した。そのうちにこのホテルの従業員だって気付いてしまうさ。いや、もう気付いて一一〇番してるかも知れない」

「大丈夫だわ。今、フロントの前を通ってきたけど、何でもなかったもの」

と、ひろみはいったが、すぐ続けて、

「でも、長くいたら駄目だわ。今日中にここを引き払うのよ」

「今度は、どこへいくんだ？」

「秋田へいきましょう」

と、ひろみはいった。

「秋田？　そのあとはどうするんだ？　日本中を逃げ回るのか？」

「怒らないでよ。奥さんを殺したのは、あたしじゃなくて、あんたなのよ」

ひろみは、井上を睨んだ。

「わかってるよ。だから、怖くて仕方がないんだ」

「とにかく、逃げるのよ。一カ月も逃げてれば、人間なんて忘れっぽいから、今度の事件のことなんか、誰も覚えてないわ。そうなれば、平気で暮らしていけるわ。だから、一カ月。とにかく、一カ月逃げ切ればいいのよ」

ひろみは、大きな声でいって、励ました。

彼女は弁当に箸《はし》をつけ、その途中で、テレビのスイッチを入れた。

昼のニュースが、始まった。

いきなり、井上とひろみの顔がブラウン管に出た。写真の下に井上剛容疑者と名前がついている。井上は蒼ざめたが、ひろみはじっとみつめている。

〈東京で、妻の祐子さんを殺した容疑者として、指名手配されている夫の井上剛と、同行しているとみられている工藤ひろみの二人は、天童の「かつら旅館」から姿を消したあと、行方がつかめずにいましたが、警察では、タクシーを拾って逃げたとみて、タクシーの運転手に当たっています。また、警察では、二人は遠くまでは逃げておらず、周辺の温泉地帯に姿をかくしているものとみて、山形県内はもちろん、秋田、宮城などの温泉のホテル、旅館に当たっています〉

アナウンサーが、そういっている。

「逃げましょう」

と、ひろみが、すぐ、いった。

「今から？」

「そうよ。このホテルにだって、すぐ、警察から問い合わせがあるわ」

ひろみは、テレビを消して、立ち上がっていた。

彼女が、会計をすませ、二人はホテルを出た。

「また、タクシーに乗るのか？」

と、粉雪の舞う空を見上げて、井上が、きいた。

「もうタクシーは、使えないわ。さっきのニュースを聞いたでしょう？　警察は、タクシー会社に、あたしたちのことを知らせて、協力しろといってるに決まってるわ」

「じゃあ、どうするんだ？」

「こんな時、一番安全なのは、列車だわ。列車なら、まぎれ込めるし、危なくなったら降りられるもの」

と、ひろみは、声を強めて、いう。井上は、彼女に引きずられる格好で、雪の積もり始めた坂道を、ＪＲの鳴子駅に向かって下りていった。

雪道の両側に作られた排水口は、温泉のお湯が流れ出ているのか、湯気があがっている。

鳴子駅に着くと、二人は秋田までの切符を買った。

陸羽東線を、新庄までいき、そこから、奥羽本線に戻って、秋田へいくつもりだった。秋田へいけばどうなるのか、わからない。ただ、秋田市近くに生まれたひろみが、秋田へ逃げようといったからである。

一二時五四分鳴子発の普通列車に乗った。

気動車の中は、がらがらだった。二人は、かたい座席に、向かい合って腰を下ろした。

井上は、押し黙って、窓の外に眼をやった。雪は激しくなる気配で、そのことが、井上を、いくらかほっとさせてくれた。降りしきる雪が、自分を隠してくれるような錯覚を、覚えたからだった。

6

十津川が帰ってくると、亀井が、

「鑑識からですが、新しい発見があったと、いってきました」

と、いった。

「新しい発見？」

「そうです。現場の居間に、暖炉があったでしょう？」

「大理石のマントルピースか」

「あの角のところから、かすかですが、血液反応があったそうです」

「血液型は？」

「被害者の井上祐子と同じB型です」

「それは、面白いね」

「もう一つ、絨毯に、飛び散っていた血痕ですが、これまで、すべて被害者のものと考えられていたんですが、その中に別の血痕もあるのがわかったそうです」

「別の血かね？」

「そうです。AB型の血痕だそうです」

「誰の血なんだ？」

「逃げている井上の血液型は、ABです」

「とすると、井上も、傷を受けているということだね？」

「こういうことだと思います。事件の朝、出張に行こうとしている井上と妻の祐子の間で、夫婦喧嘩が始まった。原因は、井上の浮気でしょう。カッとした祐子は、傍にあった果物ナイフを振り回した。それで、彼女自身も左腕を切ってしまい、井上も、どこかを切った。井上は、だんだん腹を立ててしまい、鉄製の灰皿で、祐子の後頭部を殴って、殺してしまった」

「暖炉の角の血痕は？」

「多分、井上が、ナイフを持った祐子を突き飛ばした時、彼女が暖炉の角で後頭部を強打したんだと思います」

と、亀井が、いった。十津川はそれを「ちょっと待ってくれよ」と遮《さえぎ》って、

「それなら、なぜ、今まで鑑識は気付かなかったんだ？」

「それは、何者かが暖炉の角の部分を拭いてしまっていて、血痕がついているようには見えなかったからだと、鑑識は、いっています。われわれも現場に着いた時、あの大理石に、血痕が付着しているとは思いませんでしたよ」

「確かに、そうだった。だからわれわれは、まず凶器を探したんだ」

と、十津川もいった。

「妙なことになってきましたね」

亀井がいう。

「いや、面白いことになってきたというべきだよ」

と、十津川は、いいかえた。

「面白いですか?」

「そうだよ。面白いじゃないか。井上は、出張直前、妻の祐子を殺した。だが、どうやって殺したのか? 南部鉄でできている灰皿で井上が殴りつけて殺したと思っていた。ところが暖炉の角にも後頭部を強く打ちつけていた。つまり、井上は、まず妻を突き飛ばして暖炉の角で気絶させ、その後に灰皿で止《とど》めを刺したことになる」

「そうです」

「それなら、なぜ暖炉の角の血痕を拭き取ったりしたんだろう?」

「物盗りの犯行に見せかけるための細工——では、おかしいですね」

「そうだよ。その場合だって拭き取っておく必要はないんだ。自分の指紋のついた凶器の灰皿は隠す必要があるがね」

と、十津川がいうと、亀井は肯いて、

「むしろ、暖炉に突き飛ばしたことにしておいた方が、物盗りの犯行らしく見えますね」

「そうだよ」

「となると、理由がわかりませんね」

「カメさんは、息の止まった人間が、どのくらい後に、息を吹き返す可能性があると思うね？」

と十津川はきいた。

「そうですね。この間、医者に聞いた話だと、息が止まって三〇分後に、電気ショックなどで息を吹き返したことがあるそうです」

「それかも知れないいな」

と、十津川がいった。

「と、いいますと？」

「井上は医者じゃない」

「ええ」

「それに、妻の祐子が果物ナイフを振り回して、血が流れたりして、カッとしていた」

「そうです」

「井上は妻を突き飛ばし、彼女が後頭部を暖炉に打ちつけて気絶したとき、動転してしまい、本当は、死んでいないのに殺してしまったと思い込んだのかも知れない」

「なるほど」

「そのうえ、九時半には秘書の岡林が車で迎えにくることになっていた。井上は、あわてて物盗りに見せかける細工をして、家を出たんだと思う。その彼に、暖炉の血痕を拭き取る余裕もなかったろうし、必要もなかったはずだと思うがね」

「そうだとすると、井上が家を出たあと、何かがあったことになりますね」

「ああ。多分、そのあと井上の妻は息を吹き返したんだよ」

と、十津川はいった。

「それを、何者かが、殺したわけですね？」

「そうだ。井上ではあり得ない。彼は秘書の運転する車で上野にいっているからだよ」

「そうですね」

「井上祐子を殺した人間は、なぜか暖炉の角の血痕を拭き取り、凶器の灰皿を隠してしまった」

「その人間は、なぜ、そんなややっこしいことをしたんでしょうか？」

亀井が、眉を寄せてきいた。

「それはじっくり考えるとして、一つ早急にやらなければならないことがあるよ」

十津川は、真剣な表情でいった。

「井上のことですね」

「そうだ。われわれの推理が正しければ、井上は妻の祐子を殺していないことになる。傷害を犯しているが、殺人はやってないんだ。ところが、井上本人は殺したと思い込んでいる。まずくすると自殺しかねない」

「女が一緒ですから、心中もしかねません」

と亀井がいう。

「それは、何としてでも防がなきゃならないよ。井上にはどうしても聞かなければならないことがあるんだ」

「実際に、何があったかをですね？」

「そうだよ。今、私がいったことは、あくまでも、推測だからね。井上に、その裏付けをしてもらいたいんだ」

と、十津川はいった。

「しかし、逃げ回っている井上に、どうやってわれわれの意思を伝えますか？」

亀井がきく。

「それが、難しいな。井上は殺してないと発表して、テレビ、新聞が取り上げてくれても、はたして井上が素直に受け取ってくれるかどうかだな。警察の罠と思うかも知れない」

と、十津川はいった。

「そうですね。しかし、ほかに方法はありませんよ。井上たちの行方がわかれば、私が引っ捕まえて真相を聞くようにしますがね」

亀井がいう。

「よし。本部長に話して、われわれの推理を記者会見で発表するようにしよう」

と、十津川はいった。

「本部長が賛成しますかね？　慎重居士だから、推測だけで、大事なことを勝手に決めるなと必ずいいますよ」

「何とか、説得する」

と、十津川はいった。

二人で捜査本部長である三上《みかみ》刑事部長に会いに出かけた。

十津川が事情を説明すると三上は手を振って、

「そんな推測を記者会見で発表できるはずがないだろう。それに今度の事件では夫の井上を犯人と決めつけて捜査をしているんだし、記者会見でもそう発表している。それを訂正するのに、推測では困るんだよ」

「暖炉の血痕が拭き取られていたことが推測の裏付けです」

と、十津川はいった。

「井上が、拭き取ったかも知れんじゃないか」

「彼は、拭き取る必要がなかったんです」

「じゃあ、誰が、必要があったというのかね？」

「息を吹き返した井上祐子を、殺した人間です」

「それも、推測でしかないんだろう？」

「今のところは、そうです」

と、十津川は肯いたが、すぐ言葉を続けて、

「今のままでは、井上は女と逃げ続け、最後には追いつめられて自殺か、心中をしかねません。そのあとで真犯人がわかったとなると、警察は本当は殺してない人間を追い込んでしまったことになります」

「今度は、私を脅迫するのかね？」

三上が、苦笑する。

「とんでもありません。ただ、少しでも犠牲を出したくないと考えているだけのことです。日本のマスコミは、死人が出ることに著しく反応してきますから」

「警察が井上を自殺に追い込んだといわれるのは困るな」

「そのとおりです」

「しかし、警察が前に犯人と断定した人間を、殺してはいないから出頭しろというのは、まずいと思うがね」

「しかし――」

「だから、こうしたらどうかね。警察の見方は、あくまでも、井上が犯人であることは変わりない。ただ、自殺は防がなければならないので、マスコミに協力してもらって罠にかけることにする。どうだね？」

三上は、微笑していった。

「罠ですか？」

「そうだ。お前は殺してないと嘘を発表して、井上に呼びかけて出頭させるんだ。これが、罠だよ。マスコミには、表向きは、君が考えたのと同じことがのるが、オフレコで実は、これは罠だといっておく。これなら、捜査方針が変わったことにはならない。どうだね？」

と、三上は鼻をうごめかせた。

「いいでしょう」

と、十津川はいった。今はまず、井上と女の自殺を防がなければならないと思っていたからである。

一時間後に、記者会見が開かれ、三上本部長が、罠を張って、井上を出頭させることに、協力して欲しいと訴えた。

十津川が、それに付け加えて、

「これが、罠だとは、一行も書かないで下さい。また、喋《しゃべ》らないで欲しいのです。もし、井上が罠と思ったら、今よりももっと、絶望的な気持ちになる恐れがあります。お願いします」

と、いった。

翌日の新聞が、いっせいに井上への呼びかけをのせた。

〈君は奥さんを殺していないのだ。すぐ出頭して、事情を説明しなさい〉

〈井上さん。君は奥さんを殺したと思っているが、そのあと、一度息を吹き返している。したがって君は殺人犯ではない。警察は、君が一刻も早く出頭して、何があったのか説明することを希望している〉

こんな呼びかけの言葉を並べた新聞もあったし、冷静な書き方で、次のような記事をのせた新聞もある。

〈捜査本部は、今回の事件を再検討した結果、被害者である井上祐子さんは、暖炉の角に後頭部を打ちつけて気絶したが、そのあと息を吹き返したと思われ、結果的に夫の井上さんは祐子さんを殺していない可能性が出てきている。その間の事情を井上さん自身に話してもらいたいと当局は希望している〉

「井上からの連絡に備えて、電話に、テープレコーダーを接続しておいてくれ」

と、十津川は、部下の刑事に指示しておいた。

新聞記者の中には、犯人を罠にかけるというやり方に疑問を持って、改めて、十津川に、電話してくる者も多かった。

そんな時、十津川は、構わずに、

「あれは、罠というより、井上の犯人説に疑問を持つようになったので、彼に会い、話を聞きたいというのが本音です。とにかく、真相を知りたいのです」

と、話した。井上の耳に、ほんのかすかにでも、罠だという言葉が、聞こえるのを防ぎたかったし、十津川自身の本当の考えを隠す気になれなかったのだ。

新聞に出た日に、井上からの連絡はなかった。

翌日の早朝、電話が鳴った。

十津川が、受話器を取る。自動的に、テープレコーダーのスイッチが入る。

「責任者を出してくれ」

と、緊張した男の声が、いった。

「私は、十津川警部で、捜査の責任者です」

と、十津川は、いった。

相手は、電話の向こうで、一息ついてから、

「卑怯《ひきよう》な真似《まね》はやめろ！」

と、突然、甲高い声で叫んだ。

「何のことですか？　われわれは、卑怯なことはしていないつもりですが」

「何をいってるんだ。おれが捕まらないものだから、マスコミに協力させて、おれをおびき出そうとしてるじゃないか」

「井上さんですね」

「ああ、そうだ」

「とにかく、あなたに会って、話を聞きたいんですよ。新聞に出ているように、あなたが奥さんを殺してない可能性が出てきているんです。だから逃げないで、出頭して、すべてを話して下さい」

「そういって、おれをおびき出す気なんだろう？　欺されないぞ！」

「誰が、罠だといったんですか？」

「やっぱり、罠なんだ。わかったぞ！」

「興奮しないで、聞いて下さい。われわれは、罠にかける気など、まったくありませんよ。あなたは、奥さんと夫婦喧嘩をして、果物ナイフをもった彼女を突き飛ばした。そして、奥さんは暖炉の角に頭をぶつけて、意識不明になった。あわてたあなたは、奥さんが、死んだものと思い込んでしまった。しかし、その時、奥さんは死んでいなかったんですよ」

「どうして急に、それがわかったんだ？　おかしいじゃないか？　なぜ、おれを犯人扱いして、逮捕しようとしたんだ？」

「それを説明するから、まず、出頭して下さい。どこにいるかわかれば、迎えにいきますよ。今、どこにいるんですか？　東北のどこですか？」

「畜生！　こうやって喋らせて、逆探知する気だろう。その手にのるものか！」

井上は、大声でいい、がちゃんと電話を切ってしまった。

7

「誰が、罠だと、井上にいったんですかね？」

亀井が、腹立たしげに、叫んだ。

「記者さんたちじゃないよ。記者会見のあと、本当に罠なのか聞いてきたから、部長には黙って、違うといっておいたからね」

「じゃあ、誰が？」

「それより、井上は、いっそう追いつめられた気分になってしまったかも知れない。何とかして、助けなければ――」

と、十津川は、いった。

「しかし、どうやって、井上を見つけますか？　電話の逆探知は、うまくいきませんでしたし――」

と、亀井が、いった。

「今のテープを聞いてみよう」

と、十津川は、いった。

テープレコーダーに録音された電話の内容を、もう一度、聞き直した。

井上が、大声で喋っている。

だが、耳をすますと、小さくだが、別の男の声が、聞こえてくる。

「テレビのニュースですよ」

と、亀井が、いった。

「ああ、そうらしい。アナウンサーが、ニュースを喋ってるんだ。おそらく井上は、ホテルか旅館から電話してきたんだ。部屋のテレビがニュースをやってるんだ」

十津川は、眼を輝かせて、いった。

「しかし、それだけじゃあ、どこかわかりませんよ」

「いや、そうでもないよ」

十津川は、もう一度、その部分を聞き直し、かすかに聞こえるアナウンスを書き取っていった。

〈秋田市大町三丁目のKビルのエレベーターが、昨日の午後五時から約一時間にわた

って動かなくなり、ビルで働く人たちは大あわてでした。特に、最上階にあるレストランでは、お客が――〉

「東京のテレビは、秋田のこんな事故は放送しないはずだ」

「ええ。ただのエレベーターの故障ですからね」

「それを、わざわざ朝七時のニュースでやったということは――」

「秋田のテレビ？」

「そうだよ。すぐ、秋田へいこう」

と、十津川は、亀井に、いった。

二人は羽田へ急行し、一〇時二〇分発、秋田行の飛行機に乗った。

機が水平飛行に移ると、亀井は、ベルトを外してから、十津川に、

「おききしたいことがあるんですが」

「何だい？」

「青木に会ったあと、警部が出かけられたことがありましたね」

「ああ、福島県警からの報告があったあとだろう？」

「そうです。どこへいかれたのか、教えて頂けますか？　どうも気になっていて

「――」

「黙っていて申しわけない。N興業に、井上と青木と同期で入社して、その後、辞《や》めた人間を探して、会いにいったんだよ」

「見つかりましたか？」

「ああ、N興業本社で聞いて、二人の元社員に会ったよ」

「それで、何か収穫が？」

「それは、井上が見つかってから話すよ。見つからなければ、何の役にも立たないんだ」

と、十津川はいった。

二人の乗ったボーイング767は、予定より七、八分おくれて、秋田空港に着いた。

空港の滑走路には、うっすらと雪が積もっていた。

二人は、タクシーを拾い、秋田県警本部にいき、協力を頼んだ。

森《もり》という警部が、十津川たちを助けてくれることになった。

彼に案内してもらって秋田テレビにいき、今日の午前七時のニュースを担当したアナウンサーに、テープを聞いてもらった。想像どおり、自分の声だという。

十津川は、秋田テレビの電波のとどくエリアを描いてもらった。

「この中のホテルか、旅館に、井上と女が、泊まっているはずです」

と、十津川はいった。

「では、秋田市内のホテル、旅館から始めましょう」

森警部がいうのを、十津川は遮って、

「温泉からやって下さい。井上たちは、天童、鳴子と温泉地を選んで逃げています。今も、秋田県内の温泉地にいるはずです」

「秋田県内の温泉地は、たくさんありますよ」

と、森はいった。

十和田《とわだ》、湯瀬《ゆぜ》、志張《しばり》、玉川《たまがわ》、御生掛《ごしょがけ》、大滝《おおたき》、日景《ひかげ》、森岳《もりだけ》、男鹿《おが》、湯沢《ゆざわ》、小安《おやす》、秋《あき》の宮《みや》と、確かに温泉が多い。

「お手数ですが、それを全部調べて下さい」

と、十津川は頼んだ。

三人は、県警本部に戻り、森は、各温泉地の警察署や派出所に電話をかけ、井上と女が泊まっているホテル、旅館を見つけ出すように命令した。

十津川と亀井は、その結果をじっと待った。

森が昼食にラーメンとチャーハンを用意してくれた。それを、十津川と亀井は、急いで食べた。

温泉地からの報告は、なかなか入ってこない。

二時間以上たって、最初に、志張温泉から、連絡がきた。ここの二つのホテルに、井上と思われる男は、泊まっていないという報告だった。

さらに一時間して、男鹿温泉のIホテルに、井上とひろみらしい二人が泊まっているという報告が入った。

「連れていってくれませんか」

と、十津川は、森に頼んだ。

森が、パトカーを用意してくれた。それに十津川と亀井が乗り込み、森も同乗して県警本部を出発した。

除雪した道路を、パトカーは、スピードをあげて男鹿半島に向かった。

「男鹿まで、四十キロです」

と、森がいう。

海沿いの道路を走る。有名な八郎潟《はちろうがた》干拓地の南端を抜け、男鹿半島に入った。

海沿いの道を右に折れて、半島の内部に入ると、道路は、急に起伏の激しい山道に変わった。

反対側の海岸に出ると、そこが、男鹿温泉だった。

真新しい大きなホテルが、林立している。

海岸に近いせいか積雪は少なかった。パトカーは、Ｉホテルを見つけて、入口にとまった。

十津川たちは、パトカーを飛び出して、ホテルに入っていった。

森警部が、フロント係に警察手帳を示して、井上と女のことをきいた。

「その方たちなら、もう、お発《た》ちになりました」

と、フロント係がいう。

十津川は、顔を突き出すようにして、

「どこへいったか、わかりませんか？」

「行先は、おっしゃいませんでしたので」

「チェックアウトした時刻は？」

「午前九時です」

「タクシーを呼んだんですか？」

「ええ」

「そのタクシーの運転手に、話を聞きたいんだが」

「呼びましょうか?」

「呼べるんですか?」

「ええ。ここの男鹿タクシーですから」

と、フロント係はいい、電話で、その運転手を呼んでくれた。

中年の運転手だった。

「奥羽本線の東能代《ひがしのしろ》駅まで乗せました」

と、運転手は、いった。

「そこから二人は、列車に乗ったんですか?」

と、亀井が、きいた。

「いえ。駅前のレンタカーの営業所で、女の人が車を借りていましたよ」

と、運転手は、いった。

8

十津川たちは、パトカーのサイレンを鳴らし、八郎潟干拓地の真ん中を走る道路を突っ走って、東能代に向かった。

一時間ほどで、東能代駅に着いた。

駅前のレンタカーの営業所で聞くと、タクシーの運転手がいったとおり、ひろみの名前で、車を借りている。

白いトヨタのソアラだった。ナンバーを聞いて、十津川たちは、手帳に書き留めた。

森警部が、パトカーの無線電話を通して、この車の手配をした。

「彼らはなぜ、レンタカーを借りたんですかね？　列車を使った方が、捕まりにくいのに」

と、森が、十津川にきいた。

「死ぬ気かも知れません」

「死ぬ気？」

「井上は前よりもいっそう追いつめられた気持ちでいるかも知れませんから」

と、十津川がいったとき、レンタカーの営業所の人間が走ってきて、

「あの——」

と、声をかけた。

「ソアラを借りた女性ですが、男の人を乗せました」

「わかっています。二人で、車に乗っていったんでしょう。カップルでね」

「いえ。男の人を二人、乗せたんですよ」

「男を二人？」

「ええ。最初に一人乗せて、そのあと、駅から出てきた男の人を乗せたんですよ。奥羽本線できたんじゃありませんかね」

「それから、どちらへ、車はいきましたか？」

と、森がきいた。

「北へ向かったと思います。能代市の方向です」

と、営業所の人間がいった。

「とにかく能代までいってみましょう」

森が十津川にいい、パトカーは、また走り出した。

「もう一人の男というのは、何者ですかね？」

リアシートで亀井が小声で十津川にきいた。

「多分、あの男だ」

「あの男と、いいますと？」

「井上の同僚の青木だよ」

と、十津川はいった。

「なぜ青木が、ここにきているんですか？」

「友人の井上を何とか助けたくてかな」

「助けたくてですか？」

「表向きはそういって東京から飛んできたはずだ」

「本当は何をしに？」

「私の想像が正しければ、井上と女が追いつめられて、自殺するのを演出するためだよ」

「演出ですか？」

「ああ、そうだ」

「青木が、なぜ、そんなことを？」

と、亀井が半信半疑の顔できいた。

「秋田へくる飛行機の中で、カメさんがきいたことに答えるよ。私は井上、青木と同期でN興業に入り、その後、辞めた人間二人に会った。青木のことを聞くためだ。なかなか面白いことを聞いたよ。青木は功名心が強くて、昔、副社長の娘を狙っていたというんだ」

「井上の奥さんをですか？」

「そうだよ。出世したいためさ。ずいぶんアタックしたらしいが、彼女は井上と結婚してしまった」

「しかし、青木もあの会社で井上と同じように、四〇歳で部長になれたわけでしょう？　副社長の娘と結婚しなくても、そこまでいけたんだから、大したものじゃありませんか」

「だがね、青木はコネがうまくいかないとなってから、必死になって努力したらしい。私の会った元の友人は、青木がいかに努力したか、いろいろと話してくれたよ。青木は、恥しくて普通の人間にはとてもできないようなゴマスリを、上役にやっていたらしい。自分の恋人を上役に抱かせるような真似もしたといっていたね。井上の方は、これといった努力もせずに三五歳で部長になったのに、青木の方は、三九歳の去年、やっと部長になれた。だが、青木は部長止まりで、それ以上の出世はあの会社ではできない。井上の方は社長とつながりがあるというので、二、三年後には重役の椅子が約束されているということだよ」

「なるほど。同族会社の怖いところですね」

「人間というのは、勝者は寛大になるが、敗者は他人に厳しくなる。だから、井上はいつまでも青木を仲のいい友人と思っていたが、青木の方は井上を、コネで出世した奴と軽蔑《けいべつ》し、嫉《ねた》み、憎んでいたんじゃないかね」

「でも、警部。あの会社で部長になったんですから、青木は敗者とはいえないでしょう？」

「形としてはね。同族会社のN興業では、社長一族にどこかで連なっていなければ、出世はできない。二人の同期の大半は、さっさとあの会社を辞めてしまうか、残っていても、早くから出世を諦め、仕事は余りせず、楽しくやっている。彼らにとって、井上は、まあ、うまくやっているなというだけのことだ」

「青木は違っていたというわけですね？」

「そうだ。N興業で、しゃにむに、出世しようとしてきたんだ。形としては出世したんだが、社長一族にコネがないから、部長止まりとわかっている。つまり、井上に対して、敗者なんだよ」

「それでも青木は、井上に勝ちたいと思っていたんでしょう？」

「ああ、そうだ。ある意味で彼は、蟻地獄《ありじごく》に落ちたようなものだよ。何としてでも、井上を負かしたいという気持ちが強かったと思うね」

「井上の奥さんを、まだ諦め切れぬということも、あったんでしょうか？」

と、亀井が、きく。

「ああ、社長一族に連なる手段としてだろうがね。井上の方は女を作って、妻の祐子との仲がぎくしゃくしてきていた。青木はそれを知って、また彼女に近づこうとしていたんじゃないかな」

「しかし、青木には妻子があるんでしょう？」

「そうだが、友人の話では、夫婦仲は最近冷え切って、別居同然だそうだよ。もし祐子が、井上と別れてくれたら、青木はすぐ離婚して、祐子と一緒になる気でいたんだと思うね」

「あの会社で、重役になるためにですか？」

「そうすれば井上に勝てるからね」

と、十津川は、いった。

「問題の日ですが、正確には、何があったんでしょうか？」

「朝、井上が妻の祐子と喧嘩をしたことは間違いないね。彼女が果物ナイフを振り回し、腕を切ったりした。井上は彼女を突き飛ばし、その勢いで彼女は、後頭部を大理石の暖炉の角にぶつけて気絶してしまった。あわてた井上は、妻を殺してしまったと思い、下手な細工をした。物盗りの犯行に見せかける小細工さ。そうしておいて、九時半に迎えにきた車で、出張に出かけた。この先は推理になるんだが、青木が、寄ったんだと思うね」

「青木がですか？」

「そうさ。青木は当然、井上が福島に出張することを知っていた。九時半に出かけることもね。そこで、九時半過ぎに訪ねていったんじゃないかね。もちろん、祐子を口説くためだよ」

「社長一族に連なるためですね」

「ああ。そうだ。その時、気絶していた祐子は、息を吹き返したところだった。彼女はちょうど訪ねてきた青木に、夫婦喧嘩のことを話す。青木はチャンスとばかり、井上なんかと別れてしまえ、自分はずっと君のことを愛しているんだといって、口説いたんじゃないかな。夫の井上に殺されかけたんだから、今度こそ自分に傾いてくると、青木は思ったと思うね。ところが祐子は、けんもほろろに、青木のプロポーズを断った。青木はカッとして、テーブルにあった灰皿で、彼女の後頭部を殴りつけた。今度こそ、祐子は死んでしまったんだ」

「そのあと青木は、大理石の暖炉についた血痕を拭き取ったんですね？」

「そうだよ」

「なぜ、そんなことをしたんでしょうか？」

「決まってる。井上を刑務所送りにしたいからだよ。井上が妻殺しで逮捕されても、祐子がナイフを振り回したので、思わず、突き飛ばしたら、大理石の暖炉に頭をぶつけて死んでしまったとなる。それではものの弾みで殺してしまったわけだから、逮捕されても多分、執行猶予だろう。青木は、それでは我慢がならなかったんだ。入社以来ずっと、井上は眼の上のタンコブだったからね。灰皿で殴りつけて殺したということなら、殺意があったことになり、間違いなく刑務所いきだ。だから、井上が血痕を拭き取ることはなくても、青木ならあり得るんだ」

と、十津川は、いった。

「しかし、かすかに残っていた血痕が検出されてしまったことは、計算外だったんでしょうね」

「今は、眼に見えない微量な血痕でも検出できるからね。青木はうまくやったつもりだろうが、おかげでわれわれは、井上が妻の祐子を本当は殺してないのではないかと、思い始めたんだ」

と、十津川は、いった。

9

能代に着いた。

このあたりは木材の集積地だけに、駅名も大きな板に書かれているし、木材を積み込んだトラックを見かけるようになった。

能代警察署に入っていくと、問題のレンタカーについての情報が次々に飛び込んでいるところだった。

国道101号線を、北に向かって走っているという。

地図によれば、日本海沿いの道路で、秋田を抜け、青森に入っている。

「車を一台、貸して下さい」

と、十津川は、頼み、亀井と乗り込んで、国道101号線を走り出した。

五能線《ごのうせん》の線路が、平行して延びている。

左側に日本海が広がる。道路はよく舗装されていた。走るには絶好だった。対向車もほとんどないからだ。

亀井は、どんどんスピードをあげていった。

問題のレンタカーは、なかなか見つからない。

「青森県」の標識が、前方に見えてきた。秋田県警のパトカーはここで引き返すのかも知れないが、十津川たちはフルスピードで青森県に突入していった。

急に、海岸の景色が寒々しくなった。岩礁にぶつかる波頭が白く見え、道路もアップダウンが激しくなった。

いぜんとして、井上たちの乗っているはずのレンタカーが見つからない。

周囲が少しずつうす暗くなってきた。

「どこにいったんだ?」

十津川の表情が次第に険しくなってきた。夜になったら、見つけるのは難しくなってしまう。

前方から、青森県警のパトカーが、一台、二台と、走ってくるのが見えた。

十津川は、急ブレーキをかけて、手を振った。

向こうのパトカーも、ブレーキをきしませて、停車する。十津川は窓を開け、警察手帳を見せた。

「警視庁の十津川です。殺人事件の容疑者の乗ったレンタカーを追いかけてきたんですが」

「われわれも、秋田県警の要請で、今いわれたレンタカーを探しているところです」

と、青森県警の刑事が、大声でいった。

「途中で出会いませんでしたか？」

と、十津川が、きいた。

「いや、出会いませんでしたね」

「間違いありませんか？」

十津川が念を押すと、相手の刑事はむっとした顔になって、

「出会ってたら、今頃、サイレンを鳴らして追いかけてますよ」

「どこへ消えてしまったのかな？」

十津川は、運転席の亀井と顔を見合わせた。

「追い越してしまったのかも知れませんよ」

と、亀井が小声でいった。

「戻ろう！」

と、十津川が大声でいった。

十津川と亀井はＵターンすると、今度は南に向かって走り出した。青森県警のパトカー二台がそのあとに続いた。

十津川たちはスピードをゆるめ、注意深く周囲を見回していった。二台のパトカーはしばらくこちらに合わせてゆっくり走っていたが、我慢しきれなくなったとみえて、スピードを上げて、追い越していった。

道路のところどころに、レストランや別荘風の建物が建っている。どちらもまだ観光シーズンに遠いので、戸を閉め、窓も雨戸が閉まっている。

「あのレストランのかげ！」

と、突然、亀井が叫んだ。

道路沿いに広場があり、そこに二階建のレストランが見えた。この店も閉まっているのだが、建物のかげに白い車が見えたのだ。

車種は、問題のレンタカーと同じだった。

ナンバープレートは、よく見えない。

「止めてくれ」

と、十津川はいい、亀井が車から降りて確認しにいこうとしかけた時だった。

突然、その車が動き出した。

ゆっくりとだったが、次第にスピードがあがってくる。

運転席に、人間が見えない。

このまま、まっすぐに走っていけば、国道を突っ切って日本海へ飛び込んでしまうだろう。

十津川は、運転席に身体を滑り込ませると、アクセルを踏みつけた。

車が、急発進する。ハンドルを握りしめ、国道へ突っ込んでいく白いソアラを追いかけた。

十津川は、向こうの車に、斜めにぶつけていった。衝撃が、身体に伝わってくる。

そのまま、ソアラの車体をぐいぐい押していった。

二台の車は、ずるずると国道に突っ込んでいく。その先は、断崖が日本海に落ち込んでいる。

「くそ！」

と、十津川は叫びながら、ハンドルを切った。だが、なかなか、ソアラが右に曲がってくれない。

まるでスローモーションの感じで、崖に近づいていくのだ。

十津川は、いったん車体を離しておいて、エンジンをふかし、ソアラの横腹に、こちらのフロントをぶつけていった。

ソアラの車体が、見事に横転した。それでも、引っくり返り、腹を見せたまま、ずるずると動いていったが、ガードレールにぶつかって、やっと、止まってくれた。

十津川は、車から飛び下りて、引っくり返っているソアラに駆け寄った。

地面に膝をつき、ゆがんだ窓から車内をのぞき込んだ。

井上と女がぐったりと重なっているのが見えた。亀井も、駆け寄ってきた。二人でソアラのドアに手をかけ、思いきり引っ張った。

変形してしまったドアは、きしむだけで、動かない。亀井が、足で蹴りつけた。割れたガラスが、ばらばらと飛び散る。もう一度、ドアを引っ張る。やっと、少し動いた。

「もう少しだ！」

と、十津川が、自分を励ました。

ぎいぎい音を立てて、少しずつドアが開いてくる。

まず、ひろみを引き出し、続いて、井上の身体を引きずり出した。

「息がありますよ」

亀井が、嬉しそうにいった。

青森県警のパトカーが、引き返してきた。十津川は手をあげて止め、救急車を呼んでくれるように頼んだ。

「どうなってるんですか？」

と、県警の刑事が、十津川にきいた。

「上手《うま》くいけば、追いつめられて、自動車もろとも心中をしたということになっていたんでしょうね。この断崖から落下すれば、二人の身体は傷だらけになって、殴られた痕も隠されてしまうでしょうからね」

「上手くいけば——ですか？」

「そうです。犯人にとってですがね」

「その犯人は、どこにいるんですか？」

と、県警の刑事は、周囲を見回した。

「向こうの建物のかげにいて、今は、必死で逃げているでしょう」

十津川は、小さく笑った。

県警の刑事の方が、あわてた顔になって、

「間もなく暗くなりますよ。早く見つけないと、逃げられてしまいますよ」

「大丈夫です。今まで出世だけを考えて必死に働いてきた男ですからね。逞《たくま》しく逃げ回れる人間じゃありません」

十津川は、自信を持って、いった。

救急車が駆けつけ、井上とひろみは病院に運ばれていった。

10

青木の指名手配が、青森・秋田両県にまたがっておこなわれた。

夜に入り、逮捕は困難と思われたが、十津川の見込みどおり、深夜近くになって、青木は疲れ切った顔で能代警察署に出頭してきた。

それでも青木は、井上とひろみが助けられたことを知っていて、

「よかったと思ってるんです。僕も、二人が絶望して死にやしないかと思い、思い止まらせるつもりで探し回っていたんですよ」

と、しらっとした顔で、いった。

もちろん、そんな言葉が信じられるはずはなく、すぐ、東京での殺人容疑と、青森での殺人未遂容疑で逮捕された。

井上とひろみは、弘前の病院で意識を取り戻した。

井上の証言によれば、新聞に出頭するように出たとき、半信半疑で、青木に電話をした。あの記事が警察の罠かも知れないと思ったからである。そうしたら、青木は、

やはり君を捕まえるための罠だといい、いい隠れ場所を知っていると話し、東能代で会う約束をした。

ひろみがレンタカーを借り、二人で青森方面へ向かった。

途中、パトカーに出会ったので、道路の傍にあるレストランの建物の裏に隠れた。

その時、いきなり背後から青木に殴られ、そのあとは覚えていないということだった。

彼女の証言も、井上と同じだった。

青木は、殺人及び殺人未遂で起訴された。

井上の方は、妻祐子に対する傷害容疑で逮捕、起訴されたが、裁判では、妻が果物ナイフを振り回したため、それを振り払おうとして突き飛ばしたという主張が通って、無罪の判決が出た。

しかし、同族会社のN興業で、副社長の娘と結婚しながら、ほかに女を作り、事件を起こして、会社の名誉を傷つけたことは許されなかった。

井上は馘首《かくしゅ》され、また、家を追い出された。

たまたま、一カ月後に十津川が会った時、井上はさばさばしたような、同時にどこか頼りなげな表情で、

「少しは家内の実家から慰謝料めいた金をくれたので、それで、今は一人で商売をや

っています」

と、いった。

十津川は、彼と一緒に逃げ回ったひろみのことを思い出して、

「彼女とは、どうしているんですか？」

と、きいてみた。

井上は「え？」という顔になって、

「彼女って、誰のことですか？」

と、いった。

謎と絶望の東北本線

1

最初の手紙は、丁寧というより、哀願調のものだった。

〈伏してお願い申しあげます。

なにとぞ、警察の力によって彼女を探して下さい。彼女の名前は波多乃《はたの》かおり、二七歳。身長百五十九センチ、体重五十キロ、色白、眼の大きな女です。

私一人では、この大都会の中で、彼女は見つけられません。それで警察にお願いするのです。今月の末までに、何とかして彼女を探し出して下さい。私は日本の警察の力を信用しております。詳しい事情を書けないのは申しわけありませんが、それは彼女が見つかった時に、お話し申しあげます。今月末になりましたら、連絡しますので、その時には私の喜ぶご返事が頂けることを願っております。

三月一日　　　　　　　　　　　　　　　　　　　　K〉

この手紙は警視庁の和田《わだ》総監宛《あて》になっていた。もちろん総監が、直接、こんな手紙を読むはずがなく、受付から行方不明人の捜索を担当する部署に回された。

だが、そこが、波多乃かおりという女性を探すことはしなかった。手紙の主が、自分の名前をKとしか記さず、真剣なものかどうかも、不明だったからである。行方不明者は毎年、何万人と出ていたし、もっと切実な訴えが数多くあったからでもある。

二度目の手紙は、一転して抗議調の文面になった。宛名は相変わらず警視庁の和田総監宛である。


〈警察は国民のためにあるはずではなかったのですか？　私は、僅《わず》かではあるがきちんと税金を払い、国民の一人として恥しくない毎日を送っているつもりです。これまで警察のご厄介になったこともありません。

その私が、初めて警察に頼むのだ。それも、行方のわからない女を一人、探して欲しいという、ささやかなお願いなのに、なぜ応《こた》えてくれないのですか？　彼女はこの東京のどこかにいるに違いないのです。もう一度お願いする。彼女を見つけて下さい。特徴をもう一度書いておきます。波多乃かおり、二七歳。身長百五十九センチ、体重五十キロ。色白で、眼の大きな女です。

わけがあって今は私の名前も住所も明らかに出来ませんが、彼女を幸せにしたいためであることは約束します。早く探し出さなければ、彼女が危険なのです。ぜひ今月末までに見つけて下さい。三〇日に電話します。

K〉

そして三通目の手紙が、五月二日に届くことになる。同じく警視庁和田総監宛だったが、前の二通が行方不明人の捜索を担当する部署に回されたのと違い、捜査一課に回された。前二通のコピーを添えてである。

〈波多乃かおりを探せ。見つけ出せ。これは命令だ。この命令に従わない場合は、東北本線を爆破する。これは単なる脅しではない。おれは必ず実行する。

彼女についてのデータはすでに知らせてある。それを参考にして探し出すのだ。一〇日までに探し出せなければ、まず警告のために小さな爆発を起こす。そして二〇日までに見つけ出せなければ、その時は何人、いや何十人もの死傷者の出る爆発が起きるはずだ。その犠牲は納税者であるおれの頼みを無視した警察が招いたものだということになる。

彼女を見つけ出した場合は、五大紙の尋ね人欄に「かおりが見つかった。連絡されたし。K」の広告を出せ。

おれは怒っている。そのことを忘れるな。

K〉

2

本多《ほんだ》捜査一課長は、三通の手紙を十津川に見せた。正確に言えば、一通目と二通目のコピーである。

「どう判断するかを私に委《まか》された」

と、本多はいった。

「差出人が本気かどうかの判断ですか？」

十津川は手紙に眼を落としたまま きいた。

「そうだ。本気と判断したら、何か手を打たなければならないよ」

「三通も手紙を書いている点、次第に怒りをあらわにしている点などを見る限り、いたずらとは思えませんね。このKという人物は、本気で波多乃かおりという女を探そうとしているんだと思います」

と、十津川は、いった。

「東北本線を爆破するというのも、本気だと思うかね？」

「その点は、何ともいえません。警察の対応に業《ごう》を煮やして、脅しに出ただけかも知れませんから」

「まあ、そんなところだろうね」

「三上刑事部長は、これをどう扱うつもりなんでしょうか」

「判断しかねているから、われわれの意見が欲しいんだろう。脅しに屈して、このケースだけ特別扱いして、波多乃かおりという女を探すわけにはいかない。それだけは、決まっているんだがね」

「それなら、無視すればいいんじゃありませんか？」

「確かにね。ただ、このKという人間が本気の場合が、問題でね。どんな対策を立てたらいいか、検討しろといわれている」

「波多乃かおりという女を探すということは、どうなんですか？」

と、十津川がきくと、本多は苦笑して、

「君だって、家出人や行方不明者の捜索がどんな状況か知っているだろう？　日本全国で二万人もの行方不明者がいるといわれているんだ。全警察官がこの仕事に専念したって、全員を見つけ出すなんてことはできない。まして、このKという人物は、正式に捜索願を出しているわけじゃないんだ。もし、脅かせば、警察が優先的に探してくれるとなったら、おかしなことになってしまう」

「同感です」

と、十津川は、肯《うなず》いた。

「君が、このままでは危険だと判断しているのなら、少し調べてもらおうかと思っていたんだがね」

「危険人物かも知れませんが、今のところ、何も起きていませんから、判断のしようがありません。今も申し上げたように、このKという人間が、本気で波多乃かおりという女を探していることは、間違いないと思いますが。前に、電話があった時、何と答えているんですか？」

「受付では、正式に捜索願を出すように、と答えている。それ以上、いいようはないからね」

と、本多は、いった。

結局、三通目の手紙も、無視することに決まった。もちろん、マスコミが取りあげることもなかった。

ただ、十津川の記憶の中に、小さな不安として残ったことは否定できない。

本多から話のあった翌日、五月三日。連休初日の午前六時過ぎに、若い女の惨殺体が発見され、十津川はこの殺人事件の捜査に当たることになった。

現場は、池袋西口のビルとビルの間の路地である。

女の死体は、発見された時、雨に濡れていた。梅雨の走りのようなじめじめした雨が、昨夕から降り続いているのである。

女は、首を絞められ、俯《うつぶ》せに倒れていた。ミニスカートがめくれあがり、黒いレースのショーツがのぞいている。

シャネルの黒いハンドバッグが、三メートルほど離れた場所に転がっていて、中にあった財布は空《から》になっていた。

十津川は、そのハンドバッグの中から、カルティエの名刺入れに入った数枚の名刺を見つけ出した。

〈池袋ローズマリー　ゆみこ〉

名刺はすべて同じで、ローズマリーという店の電話番号も印刷されている。

「それ、ソープランドですよ」

と、横から亀井刑事がのぞき込んで、いった。

「カメさん、いったことがあるのかね？」

と、十津川がきくと、亀井は苦笑して、

「あそこに、看板が出ています」

と、指さした。なるほど、路地の奥に矢印つきの看板が出ていて「貴男《あなた》を夢の園へご案内します　ソープの中のソープ　ローズマリー」と、書かれてあった。

「貴男なんて言葉が、こんなところに生きていたんだなあ」

と、十津川は呟《つぶや》き、亀井とその矢印にしたがって歩いていった。

ソープランドが三店、それに、スナックやバーなどが並んでいる一角があったが、どの店も早朝の今はネオンを消し、入口が閉まって、ひっそりと静まり返っていた。

ローズマリーという店も、その中にあったが、他の店と同じく、人の気配はない。

「出なおした方がいいようだな」

と、十津川は、いった。

その間に、死体は解剖のために大学病院に運ばれていた。

捜査本部が、池袋署に置かれた。十津川は、夜になってからソープランド「ローズマリー」にいこうと思っていたのだが、ニュースで知ったといって、店の支配人が駆けつけてきた。

田崎という四十代の男で、彼は死体を見て、店で働いていたゆみこにまちがいないといった。

田崎《たさき》は、持参した彼女の履歴書を、十津川に見せた。

本名は、井上弓子《いのうえゆみこ》。宮城県石巻《いしのまき》市の生まれで、二八歳。地元の高校を中退したあと、上京している。品川の中小企業に事務員として勤めたり、喫茶店のウエイトレスなどをしたあと、三年前から、「ローズマリー」で働いていた。

「仕事熱心ないい娘《こ》でしたよ。うちの店では、ナンバー3の中に、常に入っていましたね」

と、田崎は、いう。

「すると、収入も、かなりのものがあったというわけですね？」

十津川が、きいた。

「ええ。貯金も、一千万円近かったと、聞いたことがあります」

「男関係は？」

と、亀井がきくと、田崎は眉を寄せて、

「ニュースは、金目当てのゆきずりの犯行ということでしたが」

「そう見せかけているのかも知れません」

と、十津川が、いった。

「なるほど。彼女目当ての常連客もいましたが、特定の男とつき合っているという話は聞いていませんね」

「いつも財布には、いくらぐらいの金を入れていたんでしょうか？」

「多いですよ。二、三十万円は入れていたと思います」

「昨日も、店は開いていたわけでしょう？」

「うちは、年中無休ですから」

「彼女は、何時に、店を出たんですか？」

「午前二時に店が閉まってからですから、二時一五、六分じゃありませんかね」

「彼女の住いは、どこですか？」

「東上線の下赤塚のマンションです」

「もちろん、電車はもうないから、タクシーで帰るつもりだったんでしょうね？」

「ええ。自分の車を持っている娘《こ》もいるし、タクシーで帰る娘もいるし、男がいて、車で迎えにきてもらうのもいますが、彼女はいつも、タクシーを使っていたようですね」

「それなのに、なぜ、あの狭い路地で、死んでいたんですかね」

「わかりません。ただ、店の前の通りは狭くて、タクシーが入ってこないので、大通りまで歩いていって拾うんですよ。その途中で、襲われたのかも知れません。前にも、うちの娘が襲われましてね。幸い、その時は、怪我だけですんだんですが」

と、田崎は、いう。

解剖結果も、死亡推定時刻が午前二時から三時の間ということで、店を出たあと、すぐ襲われ、殺されたことを裏付けた。

念のため、常連の男たちや、彼女とつき合いのあった男たちを調べてみたが、いずれも、アリバイが成立した。

二日後の五月五日、捜査本部に速達の手紙が届いた。ワープロで打たれたもので、同じものが、各新聞社にも送りつけられていたのである。

〈ソープランドの女を殺したのは、おれだ。故郷の恥になるような女は、みんな殺し

てやる。次はお前の番だ。思い当たる女は覚悟しておけ〉

当然、新聞社は、その手紙を、社会面にのせた。

大きく扱った新聞もあれば、小さな記事ですませた新聞もある。テレビも、取りあげた。マスコミは、どれも、興味本位の扱いだが、十津川たちは、そうはいかなかった。

その手紙の主が、井上弓子を殺した犯人なら、第二、第三の殺人が起きる可能性があったからである。

二回目の捜査会議でも、当然、そのことが問題となった。捜査本部長の三上から、意見をきかれた十津川は、慎重に、

「今の段階では、何ともいえません。犯人が書いたものかも知れませんし、事件に便乗して、世間を騒がせたいだけの人間かも知れません」

「しかし、これが犯人の書いたものなら、また女が殺されるぞ」

と、三上本部長はいった。

その言葉はすぐ、現実のものになった。

五月八日の夜、今度は新宿西口の中央公園で、ファッションサロン「ピンク・ドー

ル」のホステスが、死体で発見されたからである。

二六歳の久保治子《くぼはるこ》、店での名前は、ヒロミだった。生まれたのは石川県の輪島である。第一の殺人と同じように、首を絞められ、財布から現金が抜き取られていた。

そして、二日後の一〇日の昼過ぎ、捜査本部に、ワープロの手紙が速達で届いた。

〈おれは、また殺した。反省のない女は、殺すしかない。次は、お前だ。お前だぞ〉

署名も、差出人の名前もない手紙である。

「危惧《きぐ》していたとおりになったじゃないか」

と、その日の捜査会議で、三上本部長が、それが、十津川の責任みたいにいった。

十津川は、黙って肯いた。いまだに容疑者を見つけられずにいたからである。

会議の途中で、宇都宮駅のトイレで爆発事故があったという報告が飛び込んできた。

3

十津川は、とっさに、忘れていた三通の手紙のことを思い出した。

（今日は一〇日なんだ）

と、思った。

Kという署名の、三通目の手紙には、確か、一〇日までに波多乃かおりという女を見つけ出してくれなければ、警告のために小さな爆発を起こすと、書かれていたはずである。

十津川は、本多一課長のところへ、飛んでいった。課長も、机の上に三通の手紙を並べて見ていたが、十津川を見ると、

「こいつは、どうやら本気だったようだな」

と、いった。

「二〇日までに見つけてくれないと、今度は、何人、何十人の死傷者が出るようなことになると、書いています」

「実行すると、思うかね？」

「多分、やりますね」

「この手紙三通はファックスで栃木県警に送ることにするが、問題は、波多乃かおりという女だね」

「爆発を防ぐためには、探さざるを得ないでしょう。それに、この女に会えば、Kが

何者かわかると思います」

と、十津川は、いった。

「そうだが、君は今、連続殺人で手一杯だし、大げさにはしたくない。波多乃かおりを探すためのチームでも作ったら、たちまちマスコミに感付かれてしまうからね。それで田中《たなか》刑事と北条《ほうじよう》早苗《さなえ》刑事の二人に、やってもらおうと思っている」

「北条君ですか」

「ああ。探す相手が女だからね。こちらも、一人は女の方がいいと思ってね」

と、本多は、いった。

「彼女なら、安心して委せられます」

「二人に、私のところへくるように、伝えてくれ」

と、本多は、いった。

十津川が戻って、二人に伝えると、亀井が、

「波多乃かおり探しですか？」

と、声をかけてきた。

「ああ。課長は、内密で探させるつもりのようだ」

「しかし、大変ですよ。わかっているのは、年齢と名前だけでしょう。百五十九セン

チ、五十キロという女の人なんか、もっともありふれたサイズだし、色白で眼が大きいというのは、Kという人間の主観ですからねえ」
と、亀井が、いった。

確かに、亀井のいうとおりだと思った。この大都会の中で、一人の女を見つけ出すのは大変な仕事だった。

(だが、二〇日までに見つからないと、Kは本当に、大仕掛けな爆破をやるに違いない)

田中と北条早苗の二人に、頑張ってもらうより仕方がなかった。

第一、肝心の連続殺人の方が、壁にぶつかってしまっている。

二つの殺人について、十津川は現場周辺の聞き込みに全力を尽くしたが、二件とも深夜のため、目撃者が見つからないのである。

犯人が書いたと思われるワープロの手紙についても、犯人を特定することができないでいた。

ワープロの機種はわかったが、それで犯人に迫るには、売れている台数が多すぎた。

十津川は、焦燥にかられ、不安に襲われた。犯人が、第三の殺人に走る恐れがあったからである。

五月一三日。小雨が降る中で、恐れていた三人目の犠牲者が出てしまった。

早朝の午前五時三〇分。浅草寺の境内で、十津川は、若い女の死体を見下ろしていた。

首を絞められ、俯せに横たわっている死体だった。第一の殺人と同じように、ミニスカートがまくれあがって、派手なショーツがのぞいている。

十津川は、傍《そば》に転がっているハンドバッグを拾いあげた。予想したとおり、財布の中身は、抜き取られていた。

ハンドバッグには、他に、口紅、ハンカチ、キーホルダー、コンドーム、胃腸薬などが入っている。その下から、運転免許証が見つかった。

これで、身元がわかるなと思った。眼を近づけて、ふいに、十津川の顔色が、変わった。

〈波多乃かおり〉

と、その免許証に、書かれてあったからだった。

何か、背筋を冷たいものが走る感じがした。

「カメさん」

と、十津川は亀井を呼び、少し離れた場所に連れていって、免許証を黙って見せた。

亀井の顔色も、変わった。

「例の波多乃かおりでしょうか？」

「めったにない名前だし、年齢も二七歳だ。それに、背丈は百六十センチぐらい、体重も五十キロ前後だろう」

「まずいですね」

と、亀井が、いった。

「Kがどう思うかだね。警察が早く見つけてくれないから、殺されてしまったんだと思ったら、二〇日を待たずに東北本線を爆破するかも知れない」

と、十津川も、いった。

「あの手紙の語調からみて、やりますよ」

「やるだろうね」

「どうしますか？」

「まさか、この殺人を、なかったことにはできないしね」

「それは駄目ですよ。発見したのが、仲見世《なかみせ》の店主ですから。新聞に出なければ、おかしいと思います」

と、亀井が、いった。

「しばらく、身元不明にしておくか」

「それで、通りますか?」

「三日、いや、二日は何とか、身元不明で通せるんじゃないかね」

「なぜ、二日ですか?」

「今まで、死体が見つかって、二日目に、例のワープロの手紙が届いている。犯人からのだよ。犯人が被害者の身元を知っている可能性が強いからね。そこからマスコミにばれる恐れがある」

「なるほど」

「だから、二日間だ。その二日間に波多乃かおりという女を調べて、Kに辿《たど》りつきたい。Kの正体がわかれば、東北本線を爆破される前に、押さえることができるんじゃないか。そうなることを願っているんだがね」

と、十津川は、いった。

もちろん、十津川の一存で決められることではなかったから、三上本部長に相談した。

慎重派の本部長は、不安げに、

「隠して、上手くいくのかね？」

と、逆に、質問した。

「上手くいかさなければなりません。やる以上は」

「あとで、問題になるだろう？」

「なりますね。しかし、爆破を防ぐために、止《や》むを得ない措置だったということで、了解はしてくれると思います」

と、十津川は、いった。

「しかし、それも、万事上手くいった時のことだろう？」

「そうです」

「今日中に、記者会見をやらなければならないんだが、その時、どう説明したらいいのかね？」

「連続殺人の三人目の犠牲者であることは、間違いありません。ただ、身元は、不明ということにしておきたいのです」

「過去の二件は、水商売の女だった。今度の波多乃かおりは、どうなんだ？」

「同じだと思います。今、西本刑事と日下刑事が、彼女の住所である根岸へいっていますから、はっきりしたことがわかると思っていますが」

「君は、二日間といったね？」

「はい」

「二日間、身元がわからずにいると思うかね？　われわれが伏せておいても、マスコミが、すぐ見つけ出すと思わないかね？　過去二つの事件では、被害者の女は、近くのソープランドと、ファッションサロンで働いていた。となると、今度の波多乃かおりも、近くで働いていた可能性が強いんだろう？」

「そうです。多分、吉原のソープランドあたりで働いていたと思います」

「それなら、記者さんたちも同じように考えて、調べて回るんじゃないかね。何しろ、若い女ばかりの連続殺人で、必死に、他紙を抜こうとするだろうからね。今日中にも、身元がわかってしまうかも知れんよ」

と、三上は、いった。

十津川は、肯いて、

「それでも、私としては、時間を稼ぎたいんです。Kという人物は、手紙の中で、二〇日までに見つからなければ爆破すると書いていますが、波多乃かおりが殺されたと知った瞬間に、爆破するのではないかと思っているのです。Kについて、何の知識もないと、それを防ぐことが、不可能です。Kが、爆破に取りかかるまでの間に、少しでもいいから、Kのことを知りたいわけです」

「明日、Kが、東北本線を爆破するといったら、防ぎようがないかね？」

　三上は、難しい顔で、十津川にきいた。

「正直にいって、自信はまったくありません。東北本線は、上野から青森まで、大変な長さですし、狙うのが、駅か、列車か、あるいはトンネルか、橋かも、不明です。新幹線なら駅は少数ですが、在来線の駅は、たくさんあります。相手の出方が不明では、そのすべてを守れません」

　と、十津川は、いった。

「Kのことが、少しでもわかれば、防ぎようがあるかね？」

「完全に防げるとはいいませんが、何とか、Kと戦えるとは思っています」

　と、十津川は、いった。

「わかった。今日の記者会見では、身元不明と発表しておこう」

　三上は、そういってくれた。

「ありがとうございます。私は、Kのことを一刻も早く知りたいので、記者会見には欠席します。これからは、時間との戦いになりそうですから」

と、十津川は、いった。

4

十津川が捜査本部に戻ってすぐ、西本刑事から電話が入った。

「彼女の働いていた店が、わかりました。吉原のソープランド、店の名前は、『ハーレム・ワン』ですね。アルバムに、その店の前で撮った写真がありました」

「免許証の本籍は、青森市になっているんだが、青森から届いた手紙があったかね？」

と、十津川は、きいた。

「何通かありました。部屋にある写真と手紙は、全部持ち帰ります」

「新聞記者さんの姿は？」

「見えません」

「気付かれないように、戻ってきてくれ」

と、十津川は、いった。

西本と日下の二人が戻ってくると、十津川は奥へ連れていき、衝立《ついたて》のかげで、亀井と報告を聞くことにした。

机の上に、手紙と写真が、並べられた。

十津川がまず注目したのは、青森から届いている三通の手紙だった。

こちらの住所は、根岸にはなっていないし、四年から、五年前の消印になっている。

彼女が前に住んでいた赤羽時代に届いた手紙である。

本籍と同じ場所から届いた手紙は、母親からのものだった。


〈かおりさん。元気ですか？　たまには手紙か電話を下さい。ゆきも心配しています。

来月の七日は、お父さんの命日だから、ぜひ、一度、帰ってきて下さいよ。いろいろと、聞きたいこともあるしね。

母〉

この手紙の中にある「ゆき」というのは、被害者の妹らしく、彼女からのハガキもあった。住所は青森県の弘前《ひろさき》市で、姓が波多乃ではなく青木になっているのは、結婚しているのだろう。

〈姉さん、元気？　私も何とか元気にやっています。母さんが、いつも心配しているので、電話してあげて。お願いします。
ゆき〉

三通目は、石田美津子《いしだみつこ》という女からの手紙だった。

〈昨日、S高の同窓会があって、十四人が集まったわ。男の子たちから、あなたのことをずいぶんきかれたわ。あの頃、あなたは、男の生徒に人気があったから。みんな、あなたの消息を知りたがっているわよ。来年の三月にまた同窓会があるから、今度はあなたも出席して欲しいわ。中退だからと遠慮しているのなら、そんな遠慮は無用だわ。来年の同窓会は、東京に出ている加藤哲二《かとうてつじ》クンが、通知を出すことに決まったから、返事をしてあげてね。
P．S．
あなたの親友のみどりが、結婚したわよ。
美津子〉

写真は、五十枚ほどあった。二七歳の女にしては、少ない方だろう。問題は、この中に、Kがいるかどうかということだった。

十津川は、Kを、何となく中年の男と思っていた。三通の手紙を読み返していると、そんな感じなのである。もちろん、二十代の若い男かも知れないし、女のケースだってあり得るのだ。

写真は、一枚ずつ丁寧に見ていったが、そこに写っているどの人間が、Kなのか、怪しいのか、判断がつかなかった。

波多乃かおり探しに歩いていた田中と北条早苗の二人も、彼女が殺されてしまった今は、自然に十津川の下に入ってきた。

十津川は、その一人、北条早苗を呼んで、

「すぐ、青森へ飛んでくれ」

といった。青森県警には電話で頼んでもいいのだが、どこで秘密が洩《も》れるかわからなかったからである。

「波多乃かおりの母親と、弘前の妹、それに高校時代の仲間に会って、彼女について、聞き込みをやって欲しい」

「わかりましたが、彼女が殺されたことを、話していいんでしょうか？」

と、早苗がきく。

「いや、それは駄目だ。どこでKとぶつかるかわからないからね。刑事であることも内緒にして、話を聞いてきて欲しい」

「では、彼女の友だちということで、いってきますわ」

「友人という証拠に、これを持っていったらいい」

と、十津川はいい、西本たちが波多乃かおりのマンションから持ってきた普通預金の通帳を、早苗に渡した。残高は五百六十万円余りだった。

「こんなものを私が持ち歩いていいんでしょうか？」

早苗が、当惑した顔で、きく。

「印鑑を別にしてあるから、誰にもおろせないよ。君は、友だちの波多乃かおりがこれを自分に預けて、姿を消してしまったので、困っているといったらいい。母親には、それを渡してしまってもかまわない。当人が死ねば、彼女は結婚していないようだから、遺産は母親にいくはずだからね」

と、十津川は、いった。

北条早苗は、預金通帳と波多乃かおり宛の母親と妹の手紙を持って、一一時三〇分羽田発青森行の飛行機に乗るために、捜査本部を飛び出していった。午後一時前に青森に着くはずである。

午後一時に、こちらでは記者会見がおこなわれた。

その時刻、十津川は、亀井と、捜査本部を抜け出して、根岸にある波多乃かおりのマンションに出かけた。

十階建ての最上階に、彼女の部屋がある。１ＬＤＫだが、かなり広い。リビングルームが二十畳以上あるからだ。

角部屋《かどべや》で、窓を開けると、視界が広がる。

「この方向が、上野ですね」

と、亀井が、窓から見える方向を指さした。

「よくわかるね。上野駅は見えないのに」

「私も東北生まれで、上京してしばらくは、アパートの窓から、いつも上野の方を見ていました。上野を通して、故郷の方向を見ていたのかも知れません」

「波多乃かおりも、そうだったのかな？」

「そうだと思いますよ」

「しかし、彼女は、母親にも妹にも、このマンションは教えてなかったみたいだがね。手紙は、前の住所のところに着いたものしか、見つからなかったからね」

「赤羽です」

「ああ、そうだ」

「赤羽も、この根岸も、上野の近くです。彼女は、理由はわかりませんが、母親からも妹からも、身を隠していた――」

「Kという人物からもだ」

「ええ。それなのに、上野のまわりを、動いているんですよ。きっと、上野から遠く離れると、二度と故郷へ帰れなくなるような不安を、感じていたんじゃありませんかねえ」

と、亀井は、いった。

「東京生まれの私には、わからないが」

「特に、東北生まれの人間は、そうなんじゃないでしょうか。今は飛行機で帰る人間もいますが、それでもやはり、上野が故郷への入口の感じなんです。羽田には、その感じがうすいんですよ」

「すると、波多乃かおりは、故郷を捨てたのに、捨て切れなかったということなのかな」

と、十津川は、いった。

「それにしても、不自由な捜査ですねえ」

と、亀井は、溜息《ためいき》をついて、

「ソープの仲間に会って話を聞けば、最近の彼女について、何かわかると思うんですが、それができない」

「ここの管理人に話を聞くのも、まずいんだ」

と、十津川は、いった。

二人は、部屋の中を調べて回った。すでに西本と日下の二人が調べていたし、手紙や写真などは持ち出しているのだが、Kについての手掛かりが残っていないかと、思ったのである。

だが、何も見つからない。

「ありませんねえ」

と、亀井が、溜息をつく。

「ああ」

と、十津川が肯いた。が、その生返事に、亀井が、

「何を考えていらっしゃるんですか？」

「波多乃かおりの死体のことさ。ぜいたくな服装だった。シャネルの服、ハンドバッグもシャネル」

「そうです。月に二百万、三百万と稼いでいたんでしょうから、身を飾るものに、金を遣っていたんだと思いますよ」

「だがね、腕時計は日本製のデジタルで、一万二千円のものだった。それも、男物だったよ」

「ええ。ただ時計としては、宝石のついたものより正確ですが」

「それは、そうだがねえ。ソープランドの女に、秒単位の正確さが必要なんだろうか？」

と、十津川はいい、急に部屋の電話で捜査本部に連絡をとり、西本刑事に、問題の腕時計を持ってくるようにいった。

西本が持ってくると、それをテーブルの上に置いた。

「この時計には、いろいろな機能がついている。アラーム、世界の時間、それにアドレスブックの代わりになる」

「名前、住所、電話番号を、何人分も覚えさせることが出来るんですね」

「被害者が記憶させていたとすると、その中にKがいるかも知れないよ」

と、十津川はいった。

ボタンを押していくと、次々に、名前と住所、電話番号が現れた。全部で、十二名。

すべて男の名前である。十津川たちは、それを三人で分担して、手帳に書き留めていった。

「多分、これはほとんど、常連の客の名前だと思いますね」

と、亀井が、いった。

亀井の言葉は、当たっているだろう。それでも、三人は分担して、十二名の男に電話をかけてみた。

大会社の部長だったり、中小企業の旦那だったりしたが、その中で、十津川が興味を持ったのは、堀内卓也《ほりうちたくや》という男だった。その男が、一人で私立探偵をやっていると、わかったからである。

十津川は、一人で、サングラスをかけて、この男に会いに出かけた。

神田の雑居ビルの中に、堀内は事務所を持っていた。二〇歳ぐらいの若い女が受付にいるだけである。

「波多乃かおりという女を、知っているね？」

と、十津川はわざと、高飛車《たかびしゃ》に出た。

「あんたは？」

と、堀内は、きく。

「S組の井上だよ。あの女に金を貸してたのに、逃げやがった。五百万だ。あんたがかくまってるんじゃないだろうな？」

十津川は、実在の暴力団の名前を出して、相手を脅した。

「なんで、私が？」

「あの女の手帳に、お前さんの名前があったからだよ」

「私は、ただ、仕事で――」

と、堀内が、蒼《あお》い顔でいう。

「仕事？」

「そうですよ。波多乃かおりさんとは、お客として会っただけですよ」

「信じられねえな」

「本当ですよ。見て下さい」

と、堀内はいい、調査依頼書を持ち出して、十津川の前に置いた。

依頼のところに、なるほど、波多乃かおりの名前が書かれてある。そして、依頼事項には、次の文言があった。

〈黒井《くろい》某《なにがし》についての調査〉

「何だ？　これは」

　と、十津川は、堀内を睨《にら》んだ。

「それが、妙な調査依頼でしてね。男を一人、見つけてくれという依頼だったんです。姓は黒井だが、名前の方はわからない。年齢は四〇歳から四五歳。身長は、百八十センチくらい。痩せている。青森市内の生まれと思われるが、違うかもしれない。どうも、あやふやなことばかりなんですが、それで、この男を探して欲しいといわれたんですよ」

「いつだ？」

「去年の一二月です」

「それで、見つけたのか？」

「見つかるわけがないじゃありませんか。フルネームはわからないんだし、あとのデータだって、すべてあやふやですからね。結局、見つからないで、終わりましたよ」

「その後も、探してたんじゃないのか？」

「今年になって、先月でしたかね、突然、もう一度探してくれといって、二十万円置いていったんですがねえ」

「それで、もう一度、黒井某を探したか？」

「ええ。仕事ですから」

「だが、見つからなかった？」

「何しろ、データが――」

と、いいかける堀内の胸倉を、十津川はいきなり締めあげて、

「嘘《うそ》をつくなよ！　金だけ頂いて、何もしなかったんじゃねえのか？　そうなんだろうが」

「すいません。少しは調べたんですが、どうせ見つからないと思って――」

「この男についての資料を、全部よこせ！」

と、十津川は、いった。

堀内は、キャビネットから大きな紙袋を取り出してきて、十津川の前においた。

「これに、全部、入ってます」

「いいか。正直にいえよ。あの女は、なぜ、この黒井という男を、見つけ出したがってるんだ？」

「それは、何度もきいたんですが、いいませんでしたよ」

「見つけたら、連れてきてくれと、いってたのか？」

「いえ。どこで、何しているかわかったら、そっと知らせてくれといってました」

と、堀内は、いった。

5

波多乃かおりが、私立探偵に依頼して探していた黒井という男が、Kなのだろうか？

イニシャルは、Kにはなる。だが、断定は難しかった。

堀内から預かってきた資料に眼を通すと、彼の苦心もわかる気がした。フルネームがわかれば、東京の電話帳に当たれるのだが、黒井だけではそれができない。何しろ、一千万人が住む大都会である。黒井という姓だけでも、一人ずつ当たるには多すぎる。

そこで、堀内は、青森市の電話帳で、当たっていた。向こうの人口は、二十八万だからだろう。黒井の姓は意外に少なくて、十二人。その中から、四十代の男を選び出した。

黒井　均《ひとし》　　四一歳

黒井　一朗《いちろう》　　四六歳
黒井　邦夫《くにお》　　四八歳

ここで、堀内の調査は終わっている。この先、どうしたらいいかわからなかったのか。それとも、わざと調査を中止して、波多乃かおりから、もっと金を引き出そうと考えたのか。いずれにしろ、この三人の中に、Kがいるかどうか、わからないのだ。

午後五時を過ぎて、青森から、北条草苗刑事が、電話してきた。

「彼女の母親に会ってきました。名前は、良子《りようこ》。五一歳で、一人でＪＲ青森駅近くで、土産物屋《みやげものや》をやっています」

「それで、何かわかったかね？」

と、十津川は、きいた。

「問題のＫにつながるかどうかわかりませんが、わかったことをお伝えします。波多乃かおりですが、去年までは、時々、連絡がとれていたと、母親はいっています。赤羽のマンションに電話して話をしたこともあるというんです。それが、去年の暮れから、突然、行方がわからなくなって、連絡がとれなくなったんだそうです」

「去年の暮れか」

「はい。今年の正月には、何年ぶりかに、青森へ帰ってくるといっていて、母親はそれを楽しみにしていたのに、暮れになって、突然、消息が途絶えてしまったと、悲しそうにいっていましたわ」

　と、早苗は、いった。

（その頃、波多乃かおりは、私立探偵に、黒井某を探させている）

　と、十津川は、思った。

　そして、今年の三月になると、Kが警視庁に投書してきて、波多乃かおりを探してくれといった。

　すべてが、関係しているのだろうか？

「今日中に弘前にいって、彼女の妹に会おうと思います」

　と、早苗が、いった。

「その前に、青森市内で調べてもらいたいことがある」

　と、十津川はいい、黒井均、黒井一朗、黒井邦夫の三人の名前を伝えた。

「この三人の何を調べるんですか？」

　と、早苗が、きく。

「三人は、青森市の電話帳にのっているはずだ。この中に、今、東京に出てきている人間がいるか、あるいは、しばしば上京している男がいるか、調べてもらいたいんだよ。例の三通の手紙の消印は、いずれも東京中央になっているからね」

「すると、この中にKがいるんですか?」

電話の向こうで、北条早苗刑事の声が、急に甲高くなった。

「わからないが、あくまでも内密にやって欲しい。間違っても、直接本人に当たるなんてことはするなよ。そいつが、Kかも知れないからね」

と、十津川は、釘を刺した。

電話が終わると、十津川は西本を振り返って、

「波多乃かおりのマンションから持ってきた手紙の中に、差出人が黒井というのはなかったかね?」

「ありません」

と、西本は、あっさりいった。十津川は、別に失望もしなかった。もしあれば、波多乃かおりが、私立探偵社への調査依頼に黒井某とは書かなかったろうからである。フルネームを書くだろう。

夜半近くなって、北条刑事から二度目の連絡が入った。

「今、青森市内のホテルです。弘前にはいけませんでした。例の三人ですが、このう

ち、二人が、今東京にいっていますわ」

「二人かね」

「黒井均と、黒井邦夫です」

「何をしている男か、わかるか？」

「電話帳には、黒井均は飲食業、邦夫の方は、コンサルタントとなっています。東京で何をしているかは、わかりません」

「できれば、この二人の東京の住所と、東京で何をしているか、それに写真も欲しいんだが――」

「明日、何とかして調べますが」

と、早苗がいう。十津川は、そうしてくれといいかけて、

「いや、今は、無理はしない方がいい」

「それでは、明日は弘前へいきまして――」

「もう、妹には会わなくていいよ。君は青森市内にとどまって、無理をしない範囲で、二人の黒井のことを調べてくれればいい。それから、私といつでも連絡がとれるようにしておいて欲しい」

と、十津川は、いった。

翌一四日。久しぶりに、初夏らしい晴れた日になった。

十津川は、緊張して、朝刊に眼を通した。が、身元がわかったというニュースはのっていなかった。

それにほっとしていると、昼過ぎになって、吉原のソープランド「ハーレム・ワン」のマネージャーが、捜査本部にやってきた。川中広志という名刺をくれてから、昨日浅草寺の境内で見つかった死体は、自分の店で働く女らしいと、いうのである。

「死体を見ればわかります」

と、いうのだ。

十津川は、困惑した。向こうは、身元の確認にきたのだから、喜んで迎えられると、確信している。忙しいのだが、市民の義務として警察に協力しにきたのだという気持ちが、表情に表われている。

「ご協力はありがたいのですが、実は今、母親だという人がきていましてね。身元の確認ができそうなんですよ」

と、十津川は、とっさに嘘をついた。

川中は、がっかりした表情になって、

「私は、てっきり、うちで働いている女の子だと思ったんですがねえ」

「もし、今きている母親で身元がわからなければ、その時お願いにいきます」

と、十津川はいい、引き取ってもらった。

十津川は、冷汗をかきながら、亀井を振り返って、

「この分だと、よくて明日一杯だね」

「そうですね。マスコミにも気付かれますね」

と、亀井も、いった。

「君も、青森へ飛んでくれないか」

と、十津川は、いった。

「黒井均か、黒井邦夫のどちらかが、Kだと思われるわけですか？」

「自信はないよ。ただ、どちらかなら、何とかKと戦えるんじゃないかと思っているだけだ」

「わかりました。北条君と一緒に、この二人のことを調べてみます」

「頼むよ。彼女を助けてやってくれ」

と、十津川は、いった。

亀井が出かけていったあと、十津川は煙草に火をつけて、考え込んだ。

亀井には、明日一杯は何とかといったが、恐らくもっと早く、被害者の身元がわか

ってしまうだろう。十津川は、覚悟していた。さっきやってきたソープランド「ハーレム・ワン」のマネージャーは、マスコミの人間にも、自分の店の女の子によく似ていると、いっているに違いないのである。

(明日の夕刊には、出てしまうな)

と、思った。それは、覚悟しておく必要があるだろう。

午後四時には、亀井から、青森に着いたという電話連絡が入った。

「これから、北条君に会い、一緒に聞き込みをやります」

と、亀井はいってから、

「そちらは、いつまで持ち堪《こた》えられそうですか?」

「いいところ、明日の午前中までだろうね」

「明日の昼までですか。厳しいですね。犯人からの手紙は、まだきませんか?」

「犯行声明は、まだ届いていないよ」

「前の二通は速達できていますから、今日中には届くんじゃありませんか?」

「ああ、そのはずだ」

と、十津川はいい、電話が終わると、若い刑事に、郵便物のことをきいてみた。だが、まだ何も届いていないという。時間からみて、今日の配達は、もう終わりである。

（遅いな）

と、思った。犯人が出し遅れているのか、それとも、犯行声明が面倒くさくなって、止《や》めてしまったのか。

夜半近くなって、亀井から二度目の電話が入った。

「あれから北条君と手分けして、二人の黒井について調べました。問題があるのは、コンサルタントの黒井邦夫の方だと思います」

「なぜだい？　カメさん」

「市内で、大衆食堂をやっている黒井均の方ですが、奥さんと五歳の子供がいまして、黒井は金ぐりのために、東京へいっている事がわかりました。最近の不況で、なかなか金ぐりがつかずに、帰っていないということですが」

「黒井邦夫の方は？」

「こちらは二年前に離婚していて、上京した理由がよくわかりません。別れた奥さんに、話を聞こうと思って探しているんですが」

と、亀井は、いった。

「波多乃かおりとの関係は？」

「わかりません。彼女の母親に、直接、黒井邦夫を知っているかときけませんので。

母親は、それでなくとも、敏感になっているようです」

「私はうまく立ち回ったつもりだったんですが、母親は娘に何かあったと感付いたらしくて、いろいろと、問い合わせているようなんです」

と、早苗が、いった。

「母親だから当然かも知れないな。こちらは、例の犯行声明が、まだ届かない。新聞社にもきてないらしい」

「中止したんでしょうか？」

と、亀井が、きく。

「それで、考えたんだが、殺された女の身元がわからないからじゃないかと、思ったんだ」

「それは、おかしいと思いますよ。犯人は、彼女がソープで働いているのを知っていて、金を持っているとわかっていて、襲ったんだと思いますね」

「そうだと思うよ。犯人は、三人の被害者が働いていた店で、一度は遊んだと思っている」

「それなら、本名を知らなくても、店での名前は知っていたんじゃないですか？」

「ああ、そうだ」

「それなら――」

「だから、あの犯行声明は、犯人じゃない人間が書いてるんじゃないかと、思っているんだ」

「別人がですか？」

「そうだ。それも、例のKだよ」

と、十津川は、いった。

「Kですか？　なぜ、Kが？」

「Kは、必死になって、波多乃かおりを探していた。理由はわからないが、異常ともいえる執念でだよ。彼女の方は、Kから逃げていたんじゃないかな。Kは、警察にも探してくれと要求したが、見つからない。そんな時、第一の殺人が起きた。東北生まれで、ソープで働く女が殺されたんだ。そこでKは、犯行声明という手を考える。おれが殺した、故郷を捨てた女はみんな殺してやるという犯行声明をだ。マスコミが取り上げるのを計算してだよ。目的は、東京のどこかにいる波多乃かおりを脅すことだったんだ」

「次はお前だと書いていましたね」

「あれが、手紙の主のいいたいことだったんじゃないかね。故郷を捨てて東京にきている女全体を憎んでいるのなら、次はお前だと、特定の女に宛たような書き方はしないんじゃないか。二人目の被害者も、東北じゃないが、石川県から出てきていた女だった。故郷を捨てた点で同じだから、Kは、また便乗して犯行声明を作り、その中で次はお前だと書き、行方のわからない波多乃かおりを脅したんじゃないか」

と、十津川は、いった。

「Kはボールペンで、犯行声明の方はワープロですが」

「それは使いわけているんだろう。Kの手紙、特に三通目と犯行声明とは、文章の調子がよく似ているんだ」

「三人目は、われわれが身元を隠しているので、Kは被害者がどこの生まれかわからず、故郷を捨てた女ということで脅しに使えないということですか？」

「そうだ。本当の殺人犯は、ただ金が欲しいだけで、遊びにいった店の女を殺しているんだと思うよ」

と、十津川は、いった。

「他人のやった殺人まで利用して、波多乃かおりを脅して見つけようとするKというのは、どんな人間なんでしょうか？　それに、理由も、知りたいですね」

と、亀井が、いう。

「まもなく、嫌でもわかるようになるさ」

と、十津川は、いった。

6

翌日の昼、テレビのニュースが、突然、波多乃かおりの名前を流した。

連続殺人の三人目の犠牲者は、吉原のソープにいた波多乃かおり、二七歳とわかった、とアナウンサーはいい、彼女の生まれや店での評判などをくわしく説明したあと、なぜか警察は彼女の身元を隠していた節《ふし》があると、付け加えたのである。

捜査本部に、重苦しい空気が流れた。

（このニュースをKが見ていなければ、もう少し時間が稼げるのだが）

と、十津川は思ったが、ニュースが終わってすぐ、そのKから電話がかかってきたことで、かすかな期待は無残に裏切られてしまった。

十津川が受話器を取ると、いきなり男の声が、

「警察の責任だぞ！」

と、いったのである。

十津川は、とっさに机の引出しからテープレコーダーを取り出し、受話器に接続しながら、

「何のことですか？」

「わかっているはずだ。おれが、あれほど、波多乃かおりを探してくれと頼んでおいたのに。真剣に探してくれなかったから、殺されてしまったんだ。責任を取ってもらうぞ」

男の声は、大きくなってくる。

「君が、手紙をくれたKか？」

「おれの警告の手紙は見たな？」

「どんな手紙かね？」

「とぼけるな。おれは、書いたことは、必ず実行する。二〇日まで待たずにだ」

「なぜ、そんなことをするんだ？　会って、話し合わないかね？　君が何を考えているのか知りたいし、波多乃かおりを死なせてしまったことは、詫《わ》びてもいい。今の君は、別に法に触れることをしてるわけじゃないんだから、顔を見せて、話してくれないかね」

十津川は、一所懸命に、相手を説得しようとした。だが、相手は、こちらの言葉に

押しかぶせるように、

「死人が何人出ても、それは警察の責任だ。それは、いっておくぞ！」

と、大声でいい、電話を切ってしまった。

十津川は、すぐ、三上本部長のところにいき、

「Kが宣戦布告してきました」

と、いった。三上は、蒼い顔になって、

「それで、防げるのかね？」

「防がなければなりません」

「しかし、東北本線といっておいて、他を狙うかも知れんだろう？　警察を恨んでいるんなら、警察の施設を爆破するとかだ」

「いえ。Kという男は偏執狂的なところがありますから、必ず東北本線を狙いますよ」

と、十津川は確信を持って、いった。

「東北本線のどこだ？」

「わかりません」

「それに、なぜ東北新幹線は含まれないのかね？」

と、三上が、きく。

「それですが、東北新幹線が開通したのは、昭和五十七年です。波多乃かおりは、多分、その前に青森から上京しているんだと思います。だから、Kは、東北本線を狙うんです」

「彼女を上京させた、憎むべき東北本線というわけかね？」

「そうです。Kは、波多乃かおりが、故郷を捨てたことに腹を立てているようですからね。それに手を貸した東北本線にも、腹を立てているんだと思いますね」

と、十津川は、いった。

7

狙われるのは東北本線とわかっても、まだ、範囲は、長く、大きい。

十津川は、青森のホテルにいる亀井に、電話をかけた。彼がKのことをいうより先に、亀井が、

「テレビで見ましたよ。波多乃かおりの身元がわかったことは」

と、いった。

「早速、Kから電話があった。向こうは、やる気だ。もう遠慮して調べることはないよ。すぐ、黒井邦夫の別れた奥さんに会ってくれ」

「それなんですが、彼女は今、東京にいることがわかりました。北条君が、調べてきてくれたんです。旧姓の小田恵子《おだけいこ》に戻っていて、東京の住所は、三鷹市井の頭のアパートです」

と、亀井は、いった。十津川は、そのアパートの名前を書き留めてから、

「すぐ、彼女を訪ねてみるよ。カメさんも、東京に戻ってきてくれ。北条君は、引き続き、青森に残って、聞き込みをやってもらう」

と、いった。

十津川は、そのあと、テープレコーダーを持ち、若手の西本刑事を連れて、井の頭に向かった。

井の頭公園近くの旭荘というアパートの二階だった。

丁度、小田恵子は、これから渋谷のバーに勤めに出るところだといい、化粧しながらの質問になった。

「黒井ですか？　とにかく、変わった人ですよ。別れて、ほっとしてるわ」

と、恵子は、あっさりといった。

「どんな風に、変わってるんですか?」

と、西本がきくと、恵子は小さく肩をすくめて、

「自分だけが、正しいと思っています。それだけならいいけど、それを他人に押しつけるのよ」

「あなたにも、押しつけたわけですか?」

「ええ。それも、ひどいやり方でね」

「どんな風にですか?」

「あたしね、青森に生まれて育ったんだけど、青森という町が嫌いだった。青森というより、東北がよ。だから、高校を出てすぐ、両親の反対を押し切って東京に出たわ」

「黒井さんとは、どこで知り合ったんですか?」

「四年前だったかな。母が亡くなったんで、何年ぶりかで、青森に帰ったのよ。久しぶりだったんで、一週間ほどいたとき、黒井と知り合ったんだわ。びっくりしたのは、いきなりお説教されたことよ。故郷を捨てる女は、屑《くず》だ。育てられた町を捨てては、絶対にいけないって」

「それで、結婚したんですか?」

「とんでもない。東京へ逃げたわ。こんな変な男につかまったら大変だと思ってよ」

「それから、どうなったんですか？」

「どうやって調べたのかわからないけど、半年して、東京のマンションに追いかけてきたのよ。東京中を探し回ったって、いってたわ。そのあと、半ば強制的に青森に連れ戻されて、結婚したのよ。本当に、ナイフで脅されたこともあるわ。承知しなかったら、殺されるかも知れないと思ったわよ」

「だが、別れた？」

「ええ。うんざりしたし、くたびれたのよ。一年半で、くたくたになっちゃったわ」

「よく、黒井さんが承知しましたね？」

「弁護士を立てたりして、大変だったわよ」

「黒井さんの性格は、あなたとの離婚で、変わったと思いますか？」

と、十津川がきくと、恵子は、化粧をすませ、煙草《たばこ》に火をつけてから、

「あの人は変わらないわよ。もっとひどくなってるんじゃないかな。結局、あたしが故郷を捨てたというんで、憎んでいると思うしね」

と、いった。

「あなたに、聞いてもらいたいテープがあるんです」

十津川は、持ってきたKとの会話テープを、恵子に聞いてもらった。聞き終わると、十津川が何もいわないうちに、

「あの人だわ」

と、いった。

「間違いありませんか？」

「ええ。間違いなく、あの人の声よ。何か、恐ろしいことをやろうとしているみたいね。まさか、あたしのことが原因じゃないんでしょうね？」

と、恵子は怯《おび》えた表情になって、きいた。

「いや、あなたのことは関係がありませんが、青森から上京して、水商売で働いていた二七歳の女性が、関係しています」

「きっと、彼が、青森へ帰れといって、追いかけ回していたのね」

「そうです」

「その女の人、可哀《かわい》そうだわ。あの人は異常で、他人の忠告なんかまったく聞かないし、相手の女はただ自分のいうとおりにすれば幸福なんだと、決め込んでいるから」

「彼は、東北本線も、憎んでいましたか？」

「東北本線？」

「そうねえ。東京へ出る列車だとか、飛行機がなければ、故郷を捨てる人間なんか出なかったろうにって、いったことがあったわ」

と、恵子はいい、ハンドバッグを引き寄せると、

「もう店に出る時間なの。ごめんなさい」

と、十津川に、いった。

夜に入って、青森から亀井が緊張した顔で、帰ってきた。

その亀井に、十津川は、テープを聞かせて、

「やはり、黒井邦夫だったよ。別れた奥さんが、証言してくれた」

「しかし、今、どこにいるか、わからないんでしょう？」

「この電話をかけてきたのは、上野駅近くの公衆電話からだとわかったよ」

「やはり、上野ですか」

「東北の玄関だ」

「まだ、東京にいるんでしょうか？　それとも、爆破を実行するために、東北へ向かったでしょうか？」

と、亀井が、きいた。

「ええ、そうです」

「今は、まだ二〇日じゃない」

「ええ。しかし、Kはすぐにでも、爆破すると宣言しているんでしょう？」

「そうだ。だが、二〇日にやるつもりだったとすると、その前から、ずっと、爆発物を持って歩いているものだろうか？」

「そうですね。普段はどこかに、隠していると思います。いざ爆破という時になって、時限装置を組み立てるようになるのが、普通でしょうね」

「とすれば、今頃、マンションか、ホテルに籠《こも》って爆弾を組み立てていると、思うんだがね」

と、十津川は、いった。

「マンションではないと、思います」

と、亀井が、いった。

「なぜだね？」

「黒井邦夫は、東京を嫌っていたと思うからです。故郷青森の若い女たちが、故郷を捨てて、東京にきてしまうことを憎んでいましたから。その東京で、マンションを買ったり、借りたりはしないと思うのです」

「すると、ホテルか」

「それも、多分、安いビジネスホテルだと思いますね。それほど、金を持っていたとは思えませんから」

と、亀井は、いう。

「都内、特に、上野周辺のビジネスホテルを、徹底的に調べてみよう。黒井邦夫の写真はないが、別れた奥さんに聞いて似顔絵を作ればいい」

と、十津川は、いった。

絵の上手い刑事を、渋谷のバーにいる小田恵子のところへ走らせ、黒井の似顔絵を作ると、それをコピーして、刑事たちに持たせた。

上野周辺のビジネスホテルを、しらみ潰しに、当たらせたが、なかなか、結果は出なかった。

夜を徹しての聞き込みだったが、収穫のないまま、朝を迎えた。

午前八時過ぎになって、やっと、池袋近くのビジネスホテルで、反応があった。

十津川と亀井は、駅から歩いて一五、六分のビジネスホテルに、急行した。

「午後九時から、二割引き」と書かれた看板を見ながら、十津川と亀井は、中に入り、マネージャーに会った。

「似顔絵の男の人は、うちに、一週間ばかり、泊まっていらっしゃいましたよ」

と、マネージャーはいい、六階の部屋に案内した。

「もう、出ていったんですか？」

と、十津川は、きいた。

「昨日の午後一〇時過ぎに、急に、チェックアウトされたんです」

と、マネージャーは、いう。六畳ほどの部屋には、ベッド、テレビ、冷蔵庫などが、並んでいる。そのテレビで、波多乃かおりの身元がわかったというニュースを、見たのだろうか？

「毎日、どこかへ出かけていましたね。何でも、人を探しているんだといってましたが」

と、マネージャーは、いった。

「彼は、ワープロを持っていましたか？」

「それは知りませんが、一度、ワープロを貸してくれるところはないかときかれたことがありましたね」

「あるんですか？」

「この先に、大きな文具店がありましてね。そこで、ワープロや、コピー機、それに、ファクシミリなんかも、貸してくれるんです」

「ちょっと、きいてきます」

と、いって、亀井が、飛び出していった。

十津川は、部屋の隅に置かれた屑箱をのぞいてみた。黒井が出ていってから、まだ、掃除はしてないという。中から、コードの切れ端が、何本も出てきた。それに、ガムテープと、こわれたスイッチ。多分、黒井は、この部屋で、時限爆弾みたいなものを作ったのではないのか。

亀井が、戻ってきたところで、十津川は、一緒に、ビジネスホテルを出た。

「黒井は、ワープロを借りて、使っています。機械の型式を調べてきました」

と、歩きながら、亀井が、いう。

「黒井は、あのホテルで、多分、爆弾を作っているよ。それを持って、昨夜の一〇時過ぎに、チェックアウトした」

「今、どこにいるんでしょうか？」

「とにかく、上野駅へいってみよう」

と、十津川は、いった。

上野駅は、いつものように、東北・上信越方面へいく人々で、賑《にぎ》わっていた。また列車が着くと、懐かしい訛りを持つ人たちが、降りてくる。

問題は、黒井が、どこへいったかだった。

十津川は、駅の公衆電話で、青森に残っている北条早苗を呼び出した。

「波多乃かおりが、初めて青森を出て東京にいった時、どの列車に乗ったか、調べてくれ」

と、十津川は、いった。

一時間後に、もう一度電話すると、早苗は、

「母親にきいたところ、今から十年前、夜行列車に乗って、かおりは東京へいったといっています。一七歳の時だそうです」

「その列車の名前は、わからないのかね?」

「憶《おぼ》えていないといっています。覚えているのは、夜行列車に乗って東京へいってしまったということだけだそうです」

「君は、黒井邦夫の顔は知っているかな?」

「そちらからホテルに彼の似顔絵を送ってきましたから、わかりますわ」

「よし。君は青森駅へいって、黒井邦夫が現れないかどうか、見張ってくれ」

「現れますか?」

「彼は、波多乃かおりが上京する時に利用した列車を、憎んでいるはずだ。その列車

さえなければ、彼女は、青森を捨てて、上京しなかったのだと思い込んでいる」

「八つ当たりもいいところですわ」

「黒井は、そうは思っていないんだよ」

と、十津川は、いった。

「でも、東京へいく夜行列車は、何本もありますわ。青森発ではなく、札幌発の『北斗星』もありますし――」

「『北斗星』は、無視していい。青森発東京行の夜行列車だ」

「『ゆうづる』と『はくつる』があります」

「青森駅で、その列車に乗ろうとする乗客の中に、黒井がいないかどうか見張って欲しい。私と、カメさんは、上野駅から出る夜行列車を見張る」

と、十津川はいった。

そのあと、十津川は、腕時計に眼をやった。午前一〇時五〇分である。

この時間、東北本線を夜行列車（寝台特急《ブルートレイン》）は、一列車しか走っていない。

札幌発の「北斗星6号」が、大宮と上野の間を、走っているだけだ。

となると、今の時間、マークすべき列車はないことになる。

十津川は、上野－青森間を走る夜行列車（寝台特急）を、列挙してみた。数は少ない。

上り、下りとも、三本である。

「黒井が、これから、列車の爆破を狙っているとすれば、まだ、時間的な余裕がありますが」

亀井が、ほっとした顔で、いった。

「まず、駅長に、今日、この上下六本の列車で、爆発事故がなかったかどうか、きいてみよう」

と、十津川はいった。すでに起きてしまっていれば、警戒態勢を取ることは、意味がない。

駅長室にいき、調べてもらうと、まだそんな事故はなく、列車は平常どおりに動いているということだった。

十津川は、駅長室から、三上本部長に連絡を取った。

「今夜、この六本の列車に刑事を乗せたいと思います。東京発の方は、われわれがやるとして、問題は青森発の方ですが」

「それは、青森県警に私が、頼むよ」

「お願いします」

「一列車二人でいいかな？」

「相手も、一人で行動すると思いますから、二人で、充分だと思います。それから『はくつる』と『ゆうづる』には、電話がついていませんから、連絡用に、携帯電話を持たせて下さい。電話番号も知っておきたいですね」

「青森にいる北条君も、上りの列車に乗せるかね？」

「いえ。彼女は青森駅に残しておきたいと思います。何かの時、連絡したいですから」

と、十津川は、いった。

部下の刑事四人が、上野駅に集まった。

十津川は、西本と日下の二人を「ゆうづる3号」、清水と田中を「はくつる」そして十津川自身は亀井と、最初に出る「ゆうづる1号」に乗ることに決めた。

もし、今日出発の列車で、爆発事故が起きなければ、十津川たちは今度は上りの列車に乗り、青森県警の刑事たちは下りに乗って、青森に戻る。これを繰り返すより仕方がない。

列車の乗務員にも、もちろん、事情を話して、協力してもらうことにした。

二〇時五七分、青森県警の二人の刑事の乗った「ゆうづる2号」が、青森駅を発車したという知らせが入った。

二一時三三分、十津川と亀井が乗った「ゆうづる1号」が、上野駅を出発した。

まだ、上野駅でも、青森駅でも、黒井邦夫の姿は見かけていないが、途中駅から乗ってくることも充分に考えられるから、油断はできなかった。

その発車間際に、黒井がボストンバッグを持って、列車に飛び込んできた。

「ゆうづる1号」が、ホームを離れる。

十津川と亀井は、通路を走り、最後尾の1号車に乗った黒井邦夫を押さえにいった。

黒井は、1号車がレディースカーなので、2号車へ歩いてくるところだった。

2号車の通路で、十津川は黒井を捕えた。

「黒井邦夫さんですね？」

と、息を弾ませて、十津川がきくと、相手はあっさりと、

「そうです」

「そのボストンバッグを、開けて見せて下さい」

「なぜですか？」

「あなたは、東北本線を爆破すると宣言した。だからです」

亀井が相手を睨んでいうと、黒井は急に笑い出して、

「あれは申しわけありませんでした。好きな女性が殺されてしまったので、ついかっとしたんですよ。まさか警察が、あんな話を真に受けるとは、思いませんでしたねえ」

「とにかく、ボストンバッグを開けて下さい」

「いいですよ」

と、黒井は、馬鹿にしたような笑いを浮かべ、ボストンバッグを開けた。

亀井が中身を調べた。東京土産の人形焼、着がえのセーターや下着などで、爆発物は見つからなかった。

「ご納得頂けましたか？」

と、黒井は、笑いながらきく。

「今日は、何の用で、青森へいかれるんですか？」

十津川が、きくと、黒井は、

「いくんじゃなくて、青森へ帰るんですよ。東京は嫌いですからね。もう二度と東京にくることはないと思いますよ」

と、笑いを消した顔で、いった。

十津川は亀井を促して、3号車に移った。

「黒井を逮捕できませんか？」

と、亀井が、いう。

「何の容疑で？　警察に文句をいってくる人間は、いくらでもいる。それをいちいち逮捕できるかね？」

「しかし、奴がただ青森へ帰るために、この列車に乗ったとは思えませんが」

「わかってる。だが、彼は爆発物を持ってないんだ」

と、十津川は、いった。

十津川は、通路に立ち、じっと窓の外に流れる夜景を見つめた。

（奴は何か企んでいる。いや、東北本線を爆破してやると宣言したことを、実行する気だ）

その確信は、変わらない。

だが、どうやるつもりなのだろうか？

（この「ゆうづる1号」を、爆破する気なのか？　しかし、そうすれば、自分が疑われることは、知っているだろう）

と、すると、他の寝台特急《ブルートレイン》を爆破し、自分はこの列車をアリバイに使う気なのではないのか？

十津川は3号車のデッキにいき、携帯電話で、青森の駅舎にいる北条刑事を呼び出した。

「黒井は、青森でコンサルタントをやっていたんだったね?」

「そうです。市内に小さい事務所を持っています」

「そこで一緒に働いている人間は?」

「高校を出たばかりの一九歳の女の子が、受付をやっています」

「その娘に会ってきてくれないか。会って、黒井が今夜の『ゆうづる1号』で帰ることを知っているかどうか、きくんだ」

「わかりました」

と、早苗は、いった。

一時間少したって、十津川の持つ携帯電話に、早苗から連絡が入った。

「彼女、いません」

「いないって、どういうことだ?」

「彼女は両親と一緒に住んでいるんですが、母親の話では、東京にいったというんです」

「東京に? それは、いつなんだ?」

「今日です」

「何のために、東京へいったんだ？」

「なんでも、東京にいっている所長の黒井から電話があって、急に必要な物ができたから持ってきてくれと、いわれたんだそうです。それを届けに、今日、東京にいったといっています」

「届け物？」

「はい」

「どんな物なんだ？」

「わかりません。彼女は事務所に寄って、そのまま青森駅へいき、列車に乗ったそうですから」

「どの列車に乗ったか、わからないのか？」

「わかりませんが、明日の朝、東京で所長に渡すといっていたそうです」

「それなら、夜行列車じゃないか」

思わず、十津川の声が、大きくなった。

「そうかも知れませんが、どの夜行列車に乗ったのか、わかりません」

「彼女の名前は？」

「平野《ひらの》あかねです」

「今、君はどこにいるんだ？」

「青森駅に戻っています」

「よし。駅長に話して、上野に向かっている三本の夜行列車に連絡してもらうんだ。車掌に、車内放送して、平野あかねを呼び出してもらう。彼女が現れたら、持物を調べるんだ。それが、時限爆弾の可能性がある」

「わかりました。すぐ、駅長に話します」

と、早苗が、声をふるわせていった。

8

黒井邦夫は昨日の夜、池袋のビジネスホテルを出ている。恐らく組み立てた時限装置つきの爆発物を持ってである。

その足で上野にいき、青森行のブルートレインに乗ったのではないか。

最終の「ゆうづる3号」に乗っても、今朝の午前八時二一分に、青森に着けたはずである。

市内にある自分のコンサルタント事務所にいき、そこで爆発する時刻にセットし、ケースに入れておく。

そのあと黒井は、飛行機で東京に戻る。一三時二五分青森発の飛行機に乗っても、一四時四〇分には東京に戻れるのだ。

東京に戻ると、何くわぬ顔で、事務所の受付をやっている平野あかねに電話をかけ、急に入用になったから、事務所にあるケースを東京に持ってきてくれと、頼む。朝早く必要だから、今日の夜行列車に乗ってくれという。何も知らない平野あかねは、時限爆弾を持って、上野行の夜行列車に乗り込む。

「それなら、黒井自身は何のために青森行のこの列車に乗ったんでしょうか？」

と、亀井が、きいた。

「アリバイ作りもあるだろうがね。東北本線が爆発で痛めつけられるのを、自分の眼で確認する気なんだろう」

「どうやってですか？」

「上りの列車が爆破されれば、下りのこの列車だって、一時、停車させられる。それで、確認できる」

と、十津川は、いった。

「しかし、いつ爆発するようになっているんですか？」

「午前二時過ぎじゃないかね」

と、十津川がいうと、亀井はびっくりして、

「なぜ、わかるんですか？」

「この『ゆうづる1号』は、常磐線回りだ。二三時五八分に平《たいら》に着いて、それから約二時間で東北本線に入るんだ。偏執狂的な黒井だから、東北本線に入るまで、待つだろう。それに、上りの列車が爆破された時、自分も近い位置にいたいはずだよ」

と、十津川は、いった。

水戸を通過したあたりで、北条刑事から電話が入った。

「困ったことになりました。三本の列車とも反応がないと、いってきました。車掌が何回も呼びかけたのに、平野あかねは現れないというんです」

早苗は、甲高い声でいう。

「平野あかねという名前に、間違いないんだろうね？」

「間違いありません。ヒラノアカネです」

「まさか、寝込んでしまってるんじゃないだろうね？」

「まだ一二時前ですから」

「そうだな。参ったな」

十津川は、困惑した。平野あかねは、乗らなかったのだろうか？

十津川は電話を切ると、また考え込んでしまった。時間は情け容赦《ようしゃ》なくたっていき「ゆうづる1号」が平に着いた。

一分停車で、発車する。このあとしばらくすると、東北本線である。危険地帯というより、危険な時間に入ったのだ。

（何とかしなければ――）

と、思う。焦った。

列車内で爆発が起きれば、何人もの乗客が死ぬだろう。そうなったら、たとえ黒井邦夫を逮捕できても、警察にとっては敗北だった。

二三時五九分に平を出ると、あとは午前五時一二分に八戸に着くまで、列車は止まらないことになっている。

十津川は、もう一度、青森の北条刑事を呼び出した。

「平野あかねだがね。一九歳といっていたね？」

「そうです」

「遊びたい盛りだな」

「はい」

「それなら、今夜、恋人とデイトの約束をしていたかも知れない。所長にいわれて夜行列車に乗ることになったのなら、恋人と夜を過ごすチャンスと思ったのかも知れない」

「はい」

「友だちに金をあげて東京へいく仕事を頼み、自分は恋人とホテルへでもいってる可能性がある」

「でも、頼んだ友だちを探すのが大変です」

「探している時間はないよ」

と、十津川は、いってから、

「もう一度、三つの列車で車内放送をしてもらうんだ。平野あかねに頼まれて東京に荷物を持っていく人、彼女から大事な連絡がきているので、すぐ車掌室へきてくれとだ。もっと、脅す文句を使ってもいい。早くやってくれ。危険な時間帯に入ってるんだ！」

と、最後は、怒鳴るように、いっていた。

電話を切ると、あとは、結果を待つより仕方がなかった。

三〇分、一時間とたったが、北条早苗からの連絡はない。十津川は、嫌でも、炎に包まれる列車に血まみれで倒れる乗客の姿を、想像した。

やっと、十津川の持っている携帯電話が鳴った。

「もしもし」

と、十津川が、嚙《か》みつくような声を出した。

「青森県警の武田《たけだ》刑事です」

と、男の声が、いった。

「それで?」

「上りの『はくつる』に乗っていますが、今、爆弾を見つけました」

「それで、どう処理したんですか?」

「われわれでは、処理できないので、列車を止め、線路から百メートル離れた河原に、置きました。周囲に人家もないので、爆発しても、安全です」

と、いわれて、十津川はほっとした。

「やはり、平野あかねの友だちが、乗っていたんですね?」

「そうです。鈴木広子《すずきひろこ》という二一歳の女性で、前に黒井の事務所で働いていたことがあるので、頼んだんだと思いますね。広子の方は、金をもらって、東京に遊びにいけるので、喜んで引き受けたと、いっています。最初に車内放送で、平野あかねの名前を呼ばれた時は、彼女が他人に仕事を頼んだことがわかると、まずいんじゃないかと思って、黙っていたんだそうです」

「今、列車はどうなっているんですか？」

「発車しました。私が、河原に残っています。宮城県警に電話したので、まもなく、爆発物処理班がきてくれると、思っているんですが——」

と、武田がいった時、突然、鈍い爆発音が聞こえた。

「どうしたんですか？」

と、十津川が、きいた。

「爆発しました。思ったより、大きな爆発でした。驚きました」

と、武田が、声をふるわせた。

「大丈夫ですか？」

「小石が、身体に当たりましたよ。命に別状はありませんから、安心して下さい」

と、武田が、いった。

9
午前二時である。

午前二時に爆発するように、セットしてあったのだ。

「少し、奴を脅してやろうじゃないか」

と十津川は亀井にいい、2号車へ足を運んだ。

黒井邦夫は、寝台に腰を下ろして、缶ビールを飲んでいた。

「やはり、眠れませんか？」

と、十津川は、声をかけた。

黒井は、眼をあげて、

「何のことですか？」

と、いった。が、ちらりと自分の腕時計に眼をやっている。午前二時という爆発時刻が、気になるのだろう。

「今、この電話で問い合わせています。上りの『はくつる』で、爆発があったそうですよ。死人も出ているらしい。思い当たることがあるんじゃありませんか？」

と、十津川が、きいた。

「いや、とんでもない」

「一車両の全員が死亡したといっていましたね。時限爆弾の爆発らしいですが、それを持っていた人間も、死亡していますね」

「――」

「私はね、あなたがやらせたんだと思うが、そうなると、証拠はないし、あなたには私たちと一緒にいたという強固なアリバイがある。逮捕は不可能だ」

「私は、やっていませんよ」

といいながらも、黒井はニヤッと笑った。

「私は、あなたがやったと思っているが、証拠がない。私たち警察の負けだ」

「別に、勝ち負けということはないと、思いますがねえ」

「いや、完全な私たちの負けですよ。しかし、なぜ、波多乃かおりを追っかけ回したんですか？」

と、十津川は、きいた。

「そりゃあ、好きだったからですよ。彼女は、私と一緒になって、故郷の青森に帰れば、幸福になれたんだ」

「どこで知り合ったんですか？」

「彼女がたまたま、ひそかに青森に帰っていた時ですよ。もう東京に戻るなと、私はいった。不幸になるのが見え見えだったからですよ。そして、私が予想したとおり、東京で殺されてしまった」

「犯行声明は、あなたが書いたんでしょう？　わかっているんですよ」

「ああ、私です。新聞にのれば、彼女が怖がって、青森に帰ってくれるのではないかと思ったんです。彼女のためにやったことだから、今でも悪いことをしたとは、思っていませんよ」

と、黒井は、胸を張った。

「波多乃かおりが、私立探偵に頼んで、あなたのことを調べようとしていたのは知っていますか？」

「私を？　なぜ、そんなことを」

「あなたが、気味悪かったんでしょうね。黒井としか名乗らず、故郷を捨てるのは罪だみたいに脅したからじゃないんですか？」

「馬鹿な！　私は、彼女を助けたかっただけだ。それが、悪いことかね？」

黒井は、腹立たしげに、いった。

「あなた流のやり方でね。それが相手には迷惑だし、怖かったんじゃありませんか」

と、十津川は、いった。

「そんなことはない！」

「別れた奥さんは、そういっていましたよ」

「あいつは、罰当たりだ。きっと、不幸になる」

「先日、会いましたが、結構幸福そうでしたがねえ」

と、十津川はいってから、急に眼をあげて、

「今、すれ違っていったのは、上りのブルートレイン『はくつる』じゃなかったかな」

「『はくつる』？」

黒井の顔色が変わった。

「どうしたんですか？」

十津川が、意地悪く、きいた。

「『はくつる』は、確か、爆破されて、死者が出たと――」

「そんなことをいいましたか？」

「欺《だま》したのか？」

「爆発はしましたよ。ただ、列車の外でね」

と、十津川は、いった。

「あんたを、逮捕する」

亀井が、厳しい声でいった。

「逮捕？　なぜ？」

「列車を爆破しようとした容疑ですよ。あなたに欺された平野あかねが、証言してくれるでしょうからね。彼女も当然死んで、死人に口なしと、考えていたんでしょうがね」

と、十津川は、いった。

10

黒井邦夫が逮捕され、残るのは、連続殺人の方だった。

十津川は、直《ただ》ちに東京へ引き返すと、亀井たちと、こちらの犯人逮捕に全力をあげることにした。

風俗営業の若い女が、続けて三人も殺されたということで、マスコミは大さわぎだが、十津川は、事件としては難しくはないと思っていた。

犯人は、ソープの女二人を殺し、ファッションサロンのホステス一人を殺し、いずれも金を奪《と》っている。しかも、それぞれの店の近くでである。その上、被害者が、さほど抵抗した形跡もない。

これらのことから考えられるのは、犯人がこの三つの店に、客としていったことがあるに違いないということである。

浅草の吉原、池袋、そして新宿のソープやファッションサロンに、いった男である。

十津川は、この三つの店で、徹底的に聞き込みをやらせた。

その結果、一人の男が、浮かび上がってきた。

立花《たちばな》と、名乗っている男だった。年齢は三五、六歳で、笑い方に特徴があるので、三つの店の人間が覚えていたのである。ニコニコしているのだが、薄気味が悪かったという。

池袋のソープでは、この男が、殺された井上弓子の客になってすぐ、事件が起きた。あとの二件も、同じだった。

十津川は、この男の似顔絵を、作った。

この男は、遊び好きなのだと、十津川は思っていた。

池袋と、浅草という離れたソープにいき、新宿では、ファッションサロンへいっている。獲物を探したということもあるだろうが、生まれつき、遊ぶのが好きなのだと思ったのだ。

とすれば、奪った金で、また遊びにいくに違いない。

しかも、この男は、池袋、浅草、新宿と場所を変えている。次に現れるとすれば別の盛り場だろう。

十津川は、ひき続き、渋谷、六本木、上野、錦糸町といった場所に、刑事を張り込ませた。

十津川の推理が的中して、二日目に、渋谷の「道玄坂クラブ」というヘルスに現れた似顔絵の男を逮捕した。

持っていた運転免許証から、本名が近藤信一郎《こんどうしんいちろう》とわかったが、驚いたことに、大企業の係長で、妻子もいるエリート社員だった。

家庭では優しい夫であり、父だったし、職場では口数の少ない優秀な社員だった。

「僕の場合は、病気なんです」

と、近藤は、訊問《じんもん》する十津川と亀井に向かっていった。

亀井は、腹を立て、

「甘ったれるんじゃない。女遊びが好きで、その金が要《い》るんで、殺人《ころし》をやっただけじゃないか」

と、怒鳴った。

東北に絡んだ事件の直後だけに、同じ東北に生まれ育った亀井は、機嫌が悪かった。

「まさか、あんたは、青森の生まれじゃないだろうな？」

と、亀井はきき、近藤が、

「東京の世田谷の生まれです」

というと、やっと、ほっとした顔になった。

★本作品はフィクションであり、実在する人物および団体とは一切関係ありません。
収録作品には、現在と違う名称や事実関係が出てきますが、発表された当時のままの表記、表現にしてあります。

（編集部）

解説

山前　譲

交通機関は色々あるが、日本ではやはり鉄道がいちばん馴染《なじ》み深いのではないだろうか。通勤・通学、あるいはレジャーでの利用など、なにかと乗車する機会が多いはずだ。近年は廃線になったところも多いけれど、鉄道網はいまだに日本の重要な移動手段となっている。

二〇一九年は大雨による甚大な被害が出たが、鉄路も各地で不通区間が発生してしまった。普段、何気なく利用している鉄路が、一部区間だけでも不通になってしまうと、日常生活に、そして観光産業に大きな影響をもたらすことをあらためて実感させられたに違いない。

二〇一一年の東日本大震災での被害を乗り越え、二〇一九年三月に盛《さかり》駅から久慈駅までがようやく開通した第三セクターの三陸鉄道リアス線は、台風の被害でまた運転見合わせの区間が出てしまった。只見《ただみ》線や日高本線も全線復旧までの道程は厳しい。その一方で、芸備線のように豪雨による被害を克服し、二〇一九年一〇月、一年三か月ぶりに全線開通するという嬉《うれ》しい出来事もあった。

こうした鉄路の姿を四十年以上にわたって、さまざまな視点から描いてきたのが西村京太郎氏だ。二〇〇七年一一月に有楽出版社より刊行されたこの『十津川警部　捜査行　愛と哀しみのみちのく特急』は、お馴染みの十津川警部とその部下たちの活躍で、東北地方がメインの舞台となった以下の五作が収録されている。初出誌と最初に収録された短編集も示す。

ゆうづる5号殺人事件（「小説現代」一九八一・八『蜜月列車《ハネムーントレイン》殺人事件』収録）
急行べにばな殺人事件（「小説現代」一九八四・九『行楽特急《ロマンスカー》殺人事件』収録）
特急あいづ殺人事件（「週刊小説」一九八九・三・一七『特急「ひだ3号」殺人事件』収録）
愛と絶望の奥羽本線（「オール讀物」一九九一・五『愛と憎しみの高山本線』収録）
謎と絶望の東北本線（「オール讀物」一九九二・四『謎と殺意の田沢湖線』収録）

十津川シリーズでは東北に関係した事件がずいぶん多い。一九八三年刊の

『東北新幹線《スーパー・エクスプレス》殺人事件』を最初に、『山形新幹線「つばさ」殺人事件』、『秋田新幹線「こまち」殺人事件』、『東北新幹線「はやて」殺人事件』といった新幹線絡みの事件がある。「駅」シリーズには『仙台駅殺人事件』が、「高原」シリーズには『会津高原殺人事件』があった。

とりわけ舞台と事件との関係が密接な「殺人ルート」シリーズになると、『青函特急殺人ルート』、『津軽・陸中殺人ルート』、『越後・会津殺人ルート』、『東京・山形殺人ルート』、『東京・松島殺人ルート』と書かれていて、このシリーズだけで東北一周旅行ができるほどだ。

その他、『男鹿・角館　殺しのスパン』、『青森ねぶた殺人事件』、『五能線の女』、『北リアス線の天使』、『遠野伝説殺人事件』等々、挙げていくと切りがない。

ここに収録された「ゆうづる5号殺人事件」の発端は、東京駅に着いた東海道新幹線での忘れものである。その持ち主の死体が渋谷で発見されたが、宮城県の南部を流れる阿武隈《あぶくま》川の河原で発見された別の死体が、十津川を東北へと誘っていく。そして、寝台特急「ゆうづる」をめぐるアリバイ崩しが展開されていくのである。

一九八一年に日本推理作家協会賞を受賞した『終着駅殺人事件』でメインの舞台となっていただけに、「ゆうづる」は西村氏にとって忘れがたい列車となっているだろう。残念ながらすでに廃止となっているから、今は乗車することはできないが、一九六五年に運行を開始した、東京と青森を結ぶ東北本線を代表する寝台特急だった。鉄道に絡んでのアリバイものというと、時刻表トリックがポピュラーだが、ここではまったく別の方向からトリックが考えられている。

東北を舞台とした事件が多いのは、十津川警部がいちばん信頼している部下であり、捜査の苦労をともにしている亀井刑事の出身地が、東北だということが影響しているのかもしれない。

『終着駅殺人事件』は亀井が高校時代の友人と会うために上野駅へ行って、殺人事件と遭遇しているのだが、作中、十津川が亀井にこう問いかけている。

「君が生まれたのは、東北だったね？」

「仙台で生まれました。親父の仕事の都合で、すぐ青森に移って、高校は青森です」

「急行べにばな殺人事件」は、その高校の同窓会があるというので亀井が仙台を訪れ、事件に巻き込まれている。久し振りの再会を楽しんだ翌日、新潟へ向かう急行の車内で、同級生の死体が発見されたのだ。そしてなんと、亀井が犯人ではないかと疑われ、留置されてしまう。緊急事態に急いで北へと向かう十津川である。

もちろん亀井を全面的に信じている十津川だが、亀井が犯人扱いされてしまったことは一度や二度ではない。また、『十津川警部 九州観光列車の罠』のように、亀井の息子の健一が誘拐されてしまったことも何度かある。そしてふたりの姪《めい》が殺人事件の被害者に……十津川の部下になったせいでずいぶんと苦労しているようだが、もちろん愚痴をこぼすような亀井ではない。

山形県特産の紅花に由来する急行「べにばな」は、一九六〇年から「あさひ」の名で走っていた列車が、一九八二年の上越新幹線の開業を前にして改称されたものである。仙台と新潟を五時間ちょっとで結んでいた。一九八五年に山形・新潟間となり、一九九一年、山形新幹線の工事の進捗《しんちょく》に伴って米沢・新潟間の快速列車となってしまう。

「特急あいづ殺人事件」は十津川警部の妻の直子が事件に巻き込まれている。友人が猪苗代湖《いなわしろこ》の湖畔《こはん》に建てたペンションへ向かっている直子が、列車内で殺人事件に遭遇してしまったのだ。胸にナイフが突き刺さった若い女性は、「アキ——」と言い残して意識を失った。そのダイイングメッセージの意味は？ 敏腕警部の妻は積極的に夫の捜査に協力する。もっとも彼女も、事件に巻き込まれたことが何度もあり、そして亀井刑事と同様、殺人事件の犯人として疑われたことも一度や二度ではないのである。

十津川直子が乗車した特急「あいづ」は、一九六八年、上野・会津若松間を走りはじめた。一九九三年に上野・郡山間が廃止され、郡山と会津若松・喜多方間のエル特急「ビバあいづ」となっている。二〇〇二年に「あいづ」と再改称されたものの、翌年一〇月、快速列車に格下げとなってしまった。しかし、長年にわたって親しまれた特急だけに、たびたび復活運行されている。

以上の三作は鉄道ミステリーならではの斬新なトリックが織り込まれているが、続く二作は、鉄路を絡めつつ、東北という地域にサスペンスフルなストーリーが展開されていく。

「愛と絶望の奥羽本線」は、女性問題を追及され、妻と激しい夫婦喧嘩をしてしまったサラリーマンの逃避行である。もともとその日、福島支店に出張することになっていたのだが、天童で浮気相手と合流すると、妻の死体が発見されたというニュースが流れる。天童から鳴子、鳴子から秋田、さらに……十津川警部らの捜査と並行しての旅が続く。

奥羽本線は、福島から山形や秋田を経由して青森まで、四八〇キロ余りの幹線だが、一九九二年に山形新幹線が開業してからは、全線を通して走る列車はなくなってしまった。寝台特急「あけぼの」や急行「津軽」といった夜行列車を懐かしむ人は多いかもしれない。

「謎と絶望の東北本線」は、警視庁に届いたある女性を探してほしいという手紙が、西村作品ならではのスリリングな展開に導いていく。見つけ出せなければ東北本線を爆破するというからだ。一方で、連続する風俗嬢殺害事件もまた十津川を苦しめるのである。

東北本線の上野・青森間が全線開通したのは、一八九一年、明治二十四年のことだ。北海道や東北地方の開発に力を注ぐ明治政府の後押しがあり、東海道本線の全線開通にわずか二年ちょっと遅れただけである。一九六八年には全線複線化、全線電化が完成した。

その東北本線は長らく日本で一番長い路線だった。だが、二〇〇二年に東北新幹線の盛岡・八戸《はちのへ》間が開通すると、並行する路線の盛岡側がＩＧＲいわて銀河鉄道に、青森側が青い森鉄道にと、それぞれ第三セクター化されたことで、第一位の座は山陰本線に譲ってしまった。

気候的に厳しい北の大地は、雰囲気的にミステリーに向いているのかもしれない。さまざまな鉄道トリックの解明に、そしてサスペンスに満ちた事件の解決に奮闘する十津川警部たちである。その姿は実に頼もしい。

（やままえ・ゆずる／推理小説研究家）

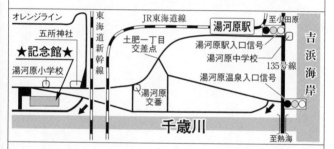

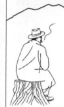

西村京太郎ファンクラブ

会員特典(年会費2200円)

◆オリジナル会員証の発行　◆西村京太郎記念館の入場料半額
◆年2回の会報誌の発行(4月・10月発行、情報満載です)
◆抽選・各種イベントへの参加(先生との楽しい企画考案中です)
◆新刊・記念館展示物変更等のハガキでのお知らせ(不定期)
◆他、追加予定!!

入会のご案内

■郵便局に備え付けの郵便振替払込金受領証にて、記入方法を参考にして年会費2200円を振込んで下さい■受領証は保管して下さい■会員の登録には振込みから約1ヶ月ほどかかります■特典等の発送は会員登録完了後になります

[記入方法]1枚目は下記のとおりに口座番号、金額、加入者名を記入し、そして、払込人住所氏名欄に、ご自分の住所・氏名・電話番号を記入して下さい

00　郵便振替払込金受領証　窓口払込専用

口座番号	百十万千百十番	金額	千百十万千百十円
00230-8-	17343		2200
加入者名	西村京太郎事務局	料金	(消費税込み) 特殊取扱

2枚目は払込取扱票の通信欄に下記のように記入して下さい

通信欄	
	(1)氏名(フリガナ)
	(2)郵便番号(7ケタ)　※必ず7桁でご記入下さい
	(3)住所(フリガナ)　※必ず都道府県名からご記入下さい
	(4)生年月日(19XX年XX月XX日)
	(5)年齢　(6)性別　(7)電話番号

十津川警部、湯河原に事件です

西村京太郎記念館
■お問い合わせ(記念館事務局)
TEL0465-63-1599

※申し込みは、郵便振替払込金受領証のみとします。メール・電話での受付けは一切致しません。

本書のプロフィール

本書は、二〇〇八年十一月に双葉文庫から刊行された同名の書を、加筆改稿して文庫化したものです。

小学館文庫

十津川警部《とつがわけいぶ》 捜査行《そうさこう》

愛《あい》と哀《かな》しみのみちのく特急《とっきゅう》

著者 西村京太郎《にしむらきょうたろう》

二〇二〇年一月十二日 初版第一刷発行

発行人 飯田昌宏

発行所 株式会社 小学館

〒一〇一-八〇〇一

東京都千代田区一ツ橋二-三-一

電話 編集〇三-三二三〇-五八一〇

販売〇三-五二八一-三五五五

印刷所―――図書印刷株式会社

ISBN978-4-09-406732-3